一切终将远去

Everything Will Go Away

[日] 山本文绪 著

闫雪 译

CNS 湖南文艺出版社 HUNAN LITERATURE AND ART PUBLISHING HOUSE 博集天卷 CS-BOOKY

幸福、绝望都失去，

渐渐地连『失去』这件事都被遗忘。

只是随风飘荡，

飘向那意想不到的美丽彼岸。

目录

Contents

我也要对掉落洞底的人置之不理吗？
那些他曾经对我做过的事情，
我是否也要对他做？

Everything
Will Go Away

裸身

不完全
自杀手册

✕ ╱

如果“不说”是“希望被别人察觉”，
那么“想死”其实正是“想生”，
对吗？

Everything
Will Go Away

对，把一切都当成玩笑，
按下重启键，重新来过。

爱在钱包中

Everything
Will Go Away

coffee

Everything
Will Go Away

甜甜圈戒指

为什么？
为什么年轻的时候没能多谈几次恋爱呢？
说什么自己不受欢迎，
把这个当作借口，
在感情上把自己欺骗至今。

布满
荆棘的
时尚之路

Everything
Will Go Away

我不觉得她傻，
也不觉得别的什么，
就觉得她生机勃勃。

Everything
Will Go Away

单恋症候群

想要的东西就是想要，
无论如何都想要，
即便让人觉得恶心也想要。
即便那个人一辈子都不再理我。

人世间的事莫不如此，

总以比想象中更快的速度飘然而去。

Everything
Will Go Away

序

名为“失去”的宝箱

山本文绪是像富士山一样的人。

日历图片中耸立的富士山就像伟岸的母亲一样温柔，但与此同时，山脚的熔岩台地里还藏着那一旦在其中迷失就再也走不出来的树海[1]。

看着富士山那宏伟的身姿，你可能会忘记它是一座内部岩浆喷射的活火山。那黎明时分被染上浅浅红色的富士山美丽绝伦，让人惊艳。如果你知道这曾经不断喷发变大的富士山下面有一层层复杂的结构，是否会觉得我们看到的那座山既是富士山，又不是富士山？

---

1. 日本青木原树海：坐落在富士山脚下，这一带树种单纯，每个地方的景观都很相似；地底蕴藏着磁铁矿，指南针无法正常使用；树木茂盛，遮天蔽日，也没有办法通过太阳来判别方向……因为这种种原因，一般人进得去出不来，让想自杀的人没有后悔的余地，这片树海也因此成为日本著名的自杀圣地。

前面我说山本文绪是像富士山一样的人，也许会有人因此觉得她是一个可怕的人，但事实并非如此。我所知道的山本是这样的：如果在度假的房间里找到咖啡机，她会悄无声息地为大家磨好咖啡，还会顺带按人数分好水果，把大家邀请到自己的房间里一起分享，看到大家惊讶的表情，她就乐呵呵的。她还送我跟她自己一模一样的玻璃珠戒指，让我夏天去旅行时戴。

发现在这样的山本内心还有另一个山本存在，是每每我将她的书捧在手中的时候。这样说来，《一切终将远去》这本书像极了青木原树海。

这本书里收录的十二个短篇，从 1995 年 10 月开始，陆续在《角川月刊》上刊登，持续刊登了一年。正如书名所呈现的那样，贯穿全书的主题是“失去”。失去的对象不仅仅是恋人、朋友、亲人这些实实在在的人，还有像《裁缝剪刀总藏于心》里作为人的感情、《地鼠》中优等生式的生活方式，以及《单恋症候群》中的自尊心。

除了生离死别，在转瞬即逝的日常生活中，我们在不知不觉中失去了无数的东西。延伸开来，其实长大成人就意味着失去孩童时代；升学、结婚、工作等的变化又带动了很多重要的东西流失。这本书里所写的有关失去的故事并非只会发生在特殊人物身上的奇特事件，而是随时可能发生在我们任何人身上的不足为奇的事情。

比如那个“爱在钱包中”的穿着香奈儿衬衫、住在六平方米的旧木屋里的虚荣女孩，在不知道自己忘记带钱包的情况下坐上出租车。付钱时脑子里几乎一片空白，不得不欠债，原本约定的事情也不得不搁在一边，由此失去别人对自己的信任。她的钱包里装有房间钥匙、身份证，还有偏偏在那一天才有的一大笔现金。仅仅是忘记带钱包这件小事，就让她感觉到自己一下子从社会潮流中脱离了出来。之后，到吃完东西不得不付钱的时候，她感觉到自己几乎失去了作为人的重要部分。

不过，在这场噩梦的最后，她发现了被掩埋在失去平衡的生活中的自己真正需要的环境和不可取代的人，以及自己原本应有的姿态。对于作为旁观者的我们来说，她的哪种生活方式是幸福的，哪种是不幸福的，一目了然，但是，对于当事人来说，这就像进入莫比乌斯环[1]一样看不到出路。

生死离别强固了活下来的人的精神。孩童时代不是失去的，而是自然而然不再需要的，伴随着环境变化而来的是新的邂逅。可是，新的环境里又潜伏着新的不安与不满，人最终不得不在“自己”这个范围中调控自己的情感。

不单是这本书，山本的其他小说里也似乎有一些类似“失去

1.1858 年，德国数学家莫比乌斯和约翰·李斯丁发现，把一根纸条扭转 180°后，两头再粘接起来做成的纸带圈只有一个面，一只小虫可以爬遍整个曲面而不必跨过它的边缘。这样的结构被称为莫比乌斯环。

的忧伤”的东西。之前做杂志采访时，我有幸问山本，从描述“失去的忧伤”这件事中，她获得了什么。她说：“我虽然没有在孩童时代就失去亲人的经历，但可能因为胆小，莫名地总有预感——没有人会一辈子留在自己身边。因此我才常常对自己说要准备好去习惯这样的生活。”

原来如此。我想起在《为了无法实现的恋爱》这篇随笔里，她对自己的性格评价道：“当事情还模棱两可的时候，我总是把事情往坏的方向考虑。不过，正是因为总是把事情想得最糟，所以即便真实情况很糟，自己也能冷静对待。”

可是，不知怎的，我总感觉听到了她言外的另一个声音，这个声音在说：“能失去的东西就让它失去吧，失去了多少，就再去找多少回来！”

这本书收录的十二个故事里，大部分故事的结尾都给了读者想象的空间，让读者在发挥想象力的同时思考能窥探其人生观的问题：对我而言，什么才是真正的幸福？

也就是说，在那一瞬间，哪怕读者不愿意，也不得不面对那个沉睡在心底的自己。他们有可能出乎意料地轻松获得想要的答案，也可能像站在树海的入口，被某种无形的力量捆绑着拉进树海。

有多少个读者，就有多少种答案。

山本文绪的作品不会仅仅让你觉得“啊，这本书真好看”，不会就这么草草结束。

与本书同名的代表作《一切终将远去》的故事与这令人伤感的题目相反，我认为是这十二个故事中最有趣的一个。故事以中学转校后逐渐疏远的两个“青梅竹马”的女孩在当地的百货商店里偶遇开始。热闹的重逢场面持续一会儿后，两人到百货商店的餐厅里边吃甜食边谈往事，谈到往昔的情感八卦时发现了意料之外的事情，这件事情成为整个故事的引子。事情本身并没有详细描述，但毋庸置疑，十个人中就会有十个人感到惊讶。

故事当然没有就此结束，山本随即介绍了男主人公的背景，然后又回到两位女性的现实生活。主人公同“青梅竹马”告别后，回想了一些自己“失去”的事情，最后感叹道：“失去一样，得到一样。就这样，每一天照样到来。幸福、绝望都失去，渐渐地连‘失去’这件事都被遗忘。只是随风飘荡，飘向那意想不到的美丽彼岸。”

我想，这应该是山本自身的感受和愿望所交织而成的一段话。

就像当日复一日的平淡生活出现变化时每个人都不得不面对一样，山本也一定是失去了一些东西后才成了作家，然后又因为得到作家这个职业而失去了一些别的东西。不过，她总说：“这些失去是理所当然的。”山本至今都还在喝茶聊天时谈道：“如果不是成为作家，可能很多人我都不会遇到，这真是一件不可思议的事情。”

每当这个时候，山本脸上都是一副满足的表情，我似乎也能感受到她心中的温暖。于是，我开始这样想：一件东西失去了，“失去”这件事不过是一个契机，或者还可以看作前进道路上的宝箱。

最后，我想稍微谈谈最初将这些小说刊登在杂志上时发生的事情。

1994 年年初，身为《角川月刊》编辑的我第一次与山本相遇。当时《角川月刊》上连载的是山本初次尝试的一篇短篇小说。在连载初期的很长一段时间里，我每次拿到她的原稿，都会听到她这样说：“写短篇原来是这样快乐啊！”

她这样的感受自然反映到了她的创作上。在那篇小说发表两个月后，她趁着写短篇的兴致，又写了《绝不哭泣》并发表。从那以后，找她约稿的人越来越多。

山本在《角川月刊》中这样写道：“越写就越能掌握写短篇的诀窍，灵感喷涌而出，止都止不住。”

随后山本就写短篇的乐趣回答道：“与写好故事的骨架，然后一点儿一点儿地往里面添加内容的长篇小说不同，短篇小说可以写成各种各样的小品文，而且在这小小的世界里让故事起承转合，削掉所有不需要的内容，心情非常愉快。”她还说：“这可能跟我干过一段时间落语[1]有关。”山本上大学期间，曾经

1. 日本传统曲艺形式之一，与中国的单口相声相似。

在落语研究会工作。

读山本文绪的短篇小说有一种无法抵御的乐趣，当你跟着她构思巧妙的故事结构一点儿一点儿地读下去，在不知不觉中，仿佛完全进入了主人公的人生，彻彻底底地感受到主人公的喜怒哀乐。由描写人生中的一个场景而构成的短篇小说，有着和长篇小说不一样的真实感和独特韵味，在那有限的空间里，一次又一次地用意料之外的设定带给读者刺激。

另外，作者自己写作时也兴奋不已，不断地尝试通过各种手法使读者惊叹，这样的作品不可能不有趣，《一切终将远去》正是这样一部作品。

滨野雪江

裸身

“赤裸着向前走。”在我的心里，有个声音呼喊着。

那天，我回到公寓，发现屋子里空无一物。

那天，我回到公寓，发现屋子里空无一物。

不，也并非空无一物。玄关处有鞋柜，鞋柜上还有花瓶。走廊的一角还有我出门时脱下来扔在一旁的拖鞋，依然原封不动地躺在那里。

可是，打开客厅的门后，却发现里面什么都没有。大屏幕电视、摄像机、音响、桌子、沙发通通不见了踪影。木地板上的地毯被扯掉了，地面只剩下灰尘，还有重叠在一起的数张 CD 和几本时尚杂志。

这一切突如其来，让我目瞪口呆，一时半会儿没反应过来究竟发生了什么事，只是呆呆地望着空荡荡的客厅。

不知发了多久的愣。天气并不寒冷，可我突然感到背后蹿起一股寒意。就在那一瞬间，我意识到了发生的一切。

同居的恋人，离开了。

我急忙打开卧室的门。

不出所料，床没了。梳妆台和我用了很久的十四寸的小型电视机还在，但是 FC[1] 和游戏盘都不知去向。

我使劲控制住自己膝盖的颤抖，走进步入式衣柜。打开衣柜门，发现右侧衣柜里我的衣服还在，但左侧衣柜已被清空。床单和枕套被揉成皱巴巴的一团，随意地扔在地板上。

我全身发软，就像那被揉作一团后扔掉的床单一样，瘫倒在地。

叫他走的人，是我。

所以，他走了。带走了他自己买的东西，丢下了我的东西和我。

没有比那晚哭得更伤心的夜晚。

我第一次明白了“肝肠寸断”这个成语的含义。内脏翻搅，胃里的东西全部吐出，好几次从昏迷中清醒过来，然后又在泣不成声中昏睡过去。

1. 即 Family Computer，是任天堂公司发售的第一代家用游戏机。

///

那已经是五年前的事情了。

现在，冷静地回想起来，不过是因吵架而分手。同居了整整三年，完全进入了倦怠期，我和他都撑不下去了。事情不过就这么简单。失恋罢了，五年的时间足够治愈。降了二十斤的体重回升十斤后，身材刚刚好。画插画的工作也进展顺利，最近还开起了自己的小型事务所。虽然没有正式的恋人，但男性朋友还是有的，女性朋友更是不缺。

即便如此，我还是无法忘记今天这个日子。一年、两年、三年……从那以后，我每年都在数，今年已是第五个年头了，明年也会这样数下去吧。到底要数到第几次，才能完全忘记这一天是曾经发生过那些事情的日子？

“老师，您的电话。”

一个声音把我从沉思中拉回来。我回头一看，是我的助理恭子，她笑眯眯地把电话递了过来。

“杂志社的加藤先生，怎么办？”

“你都跟他说了我在，对吧？还能怎么办。”

“嗯，是呀。”

我夸张地耸耸肩，接过电话，那头立刻传来杂志编辑活力充沛的声音。

加藤又是催促我抓紧时间画连载的漫画，又是邀请我晚上一起吃饭。“嗯嗯，好的，好的。”我随意地应答道。并不是特别想见他，但是今晚尽量不要一个人待着。本打算叫上恭子去喝酒，现在加上他，三个人一起去也不错。吃些好的，喝点儿小酒，说说笑笑，换家店再喝，不知不觉就迎来新的一天，这样也不错。

我正随意地跟加藤拉着家常，背后突然传来电话的声响，恭子应答道：“广濑正在接电话……”

我把电话贴在耳朵上，转头往她那边看去，只见她正好也把头转了过来，皱着眉头，一副既像生气又像焦虑的表情。那一刹那，和五年前那一天一样的寒意又蹿过我的脊背。

能让恭子露出这副表情的，我只能想到一个人。

///

我总是笑着说肯定再也不会见面了吧，但似乎一直在等待这一天的到来。

没有任何迟疑，我接受了他一起吃饭的邀请。虽然知道他是用事务所旁边的公共电话打来的，我依然将见面时间定在了两小时后。

“我觉得还是不见为好。”对着急急忙忙收拾东西准备回家的我，恭子开口说道。她在我的事务所工作以后，对我从来都是使用敬语的，即便我不让她用。当然在工作之外的时间，她会回到老朋友的身份跟我交谈。她在事务所里几乎不会谈论有关个人隐私的话题，对于我的私生活，她也从不插嘴。就是这样一个她，这时却目不转睛地盯着我，坚决反对我去见那个人。

“可是他说有话想跟我说。”

“听他说了又能怎样？”

“这不是还不知道他要说什么吗？”

“不管说什么都一样。你忘了他是怎么对你的吗？”

我无言以对。看着低着头肩膀垮下去的我，恭子无奈地叹了口气，说：“不管多晚，记得打电话给我。”

我赶忙回到离事务所十分钟步行距离的自己的公寓。

慌慌张张地冲了澡、洗了头，我披着浴袍，走进步入式衣柜。该穿什么去见曾经的恋人呢？让他觉得我特意为他打扮得非常漂亮，我心里会不甘，可我又不想随随便便穿一身衣裳赴会。

我打开一个个装着衬衫和帽子的抽屉，最后停留在了“这个”前面。

跟他在一起时穿的衣服几乎都被我处理掉了，唯有一件衬衫，不管怎么也扔不掉，被我放在了抽屉最里面。我把它拿了出来。

深绿色的法兰绒衬衫，上面印着高品位的格子，他从学生时代起便爱不释手。因为穿旧了，后来他便送给了我，拿来当家居服。

我很中意这件厚厚的衬衫。从他那里拿过来时，衣领和袖口虽然已经绽线，但我在家休息时，大部分时间都穿着它。冬天肯定穿，夏天就围在腰上，到了冷气开得足的地方就披在身上。坐在公园长椅上时就垫在屁股底下，在居酒屋吃烤鸡时还把酱料溅到了上面，吵架的时候拿来擦眼泪和鼻涕。弄脏了就随意地扔进洗衣机，第二天早上挂在蓝天下，让它随风翩翩飞舞。哪怕是破了洞，洗干净后，闻着上面的阳光味道，我依然会有幸福的感觉。

跟他一起生活的痕迹就只剩下这件衬衫了。餐具、家具，就连照片都没有留下。

我轻轻地把这件衬衫贴在脸颊上，身体里翻涌上来的东西被我狠狠地压制了下去。

是的，我一直在等待这一天。

绝对不能带着我哭肿了的脸前去。

///

纠结许久后，我决定穿上刚买的长裙，上身穿跟长裙一样雪白的针织衫。耳朵上戴了小珍珠耳环，还穿了一双跟衣服很搭的鞋子。

走出公寓后，我招了一辆出租车坐进去。这时，我竟发现自己食指的指甲油有一些剥落。在夜晚的出租车里，我紧紧地盯着这个颜色有些剥落的甲尖。

说起来，我记得他对我的打扮，比如涂指甲和化妆都不太感兴趣。比起这些女性的装扮，他倒经常说喜欢我穿着牛仔裤和运动鞋的样子。

那时候我还是初出茅庐的插画家，作品非常畅销。这说法听起来很矛盾，但事实的确如此。曾经的我是幸运的。但现在回想起来，我那时是走运过头了，所以才会落到后来的下场。

我还在美院读书的时候，就常常从在出版社打工的朋友那里得到一些画插画的工作。有一天，那些作品被一家大型广告代理公司的人看到，于是就有人来问我愿不愿意画用于电视广告的插图。我的插图就这样被采用了。像这样的事情，与其说是在考验你是否有才华，不如说是看你有没有运气。我中奖了。

这个面向青年女性的化妆品电视广告和杂志广告为我带来了大量的工作，跟那个他的缘分也是在这种为大量的工作忙得焦头烂额的时候结下的。

我跟他真的非常投缘，喜欢吃的食物、爱看的电影，还有讨厌的人的类型，以及度过休息日的方式都非常相似。

更重要的是，我们的身体也很契合。那种感觉与其说是性的感觉，不如说像裹着自己心爱的毛毯或抱着自己心爱的毛绒玩具的感觉。跟他睡在一起，从来没有觉得他碍事。他对于我来说是无与伦比的寝具。不管那天发生过多么让人心烦意乱的事情，只要被他这条毛毯包裹着，我就能安安稳稳地进入梦乡。而且，我想，他对我也是同样的感觉。

我们是彼此相爱的。

别人听到这些话，肯定会无奈地笑我太傻太天真吧。可是，即便是对着眼前这个摆着一张臭脸的出租车司机，我也想大声宣布："我和他是彼此相爱的，那绝对不是我的幻想。"

无论什么，他都喜欢干脆利落。不管是生活方式，还是接触的人，他都觉得越简单越好。那些花里胡哨的东西，那些满足人虚荣心的东西，那些纠缠不清的人际关系，他都很讨厌。两个人一起租房子时，他也说不想放过多的东西，只放日常必需品就行了。所以，我们俩都有的家具和电子用品等，比较旧的就拿去二手店卖了。

我们是打算一辈子住在一起的。所以，来东京时母亲给我买的那个我一直非常珍爱的双筒洗衣机也只好放弃。

因为有他在，我每一天都是快乐的；因为有他在，我能够拼命地工作。比起自己，我把他看得更重要。我喜欢跟他一起的生活、他的笑容、他酷酷的思维方式、他刚起床时那半睁半闭的眼睛、他的味道、他头发上的摩丝香气、他剃须泡沫的瓶子……

为什么这一切没有一直留在我身边？迄今为止，我尚未找到答案。

我想，我是十分注意的。对我而言，他比这世界上的任何人、任何东西都要珍贵。为了不失去他，为了不破坏我们的爱，我是非常小心的。我从不任性，他说的话我都认真地听，盯着他的眼睛思考；我陪他看他喜欢的电视剧，跟他一起笑；他看书的时候，我绝对不会打扰他。

可我还是失去了他。

他对我大失所望，离开了家。我束手无策。他连挽回的机会都没有给我。

久别五年的他，是否有改变呢？他会带我去什么样的餐厅？他打算对我说什么？我又想告诉他什么呢？

我肯定会装作一副什么都没发生过的样子跟他谈笑吧，就像在所有其他人面前那样。

///

到达我们相约见面的咖啡店时，已经比约定的时间晚了十分钟。我环顾并不太大的咖啡店，他似乎还没到。

“自己约别人出来，还迟到。”我刚这样想，就听到有人叫我的名字，我应声回头。

坐在咖啡店入口旁边的座位上的他正抬头看我，有些惊讶的表情里带着些许微笑。

“不好意思，我刚才没认出来。”

我在他面前缓缓地坐下，颤抖的双手放在膝盖上，紧紧地握成一团。

“我变化有这么大吗？”

我暧昧地把头一偏。不，不对，他不是变了，而是完全没变。

他还是穿着那个时候经常穿的那种运动衫和那个时候一定会穿的那种牛仔裤，还有旅游鞋，虽然不是同一双，但跟那个时候穿的很相似。发型也是，眼镜也是，跟五年前如出一辙。

绝对不哭。来之前我这样拼命地下决心是下对了。

///

我跟他进了附近一家居酒屋。因为两人莫名地觉得有些尴尬，走出咖啡店后，在居酒屋外，他问："这里可以吗？"

跟我们同居时经常去的那家只有吧台的烤肉店很相似。我绝非讨厌这样的店，只是觉得真不该穿着这身纯白的衣服前来。

我们点了酒，正给对方的杯子里添酒时，他说道："你真是变漂亮了啊。"

"是吗？"

"头发也变得女性化了。"

"我刚烫了头发。"

我们就这样你一句我一句地聊了起来。可是，对于彼此的工作和生活，他和我都没有提及。

就这样，三十分钟后，我们便找不到话题了，两人陷入沉默。他侧对着我，抽起烟来。我用筷子戳着没打算吃的烧鱼，打发着时间。

五年前，他就是一个没脱掉学生气的人，现在三十好几了，依然像个学生。不管怎么看，都看不出他是一个"过得充实的成熟男人"。三十好几的男人，依旧穿一身旧运动衫，让人看了只觉悲哀。为什么偏偏是这样一副打扮呢？为什么五年后的重逢要选在这样的店里？我不愿去想其中的理由。

我犹豫着该不该告诉他那件唯一没有被扔掉的他的衬衫的事情。

五年前，他离开后，我放弃了手上的一切。这话不是比喻，我是真的把所有的家具、衣服、书、CD，总之能卖的东西，都卖了。

工作上的订单越来越少，因为钱，我非常困扰。只有在跟他同居的前两个年头形势好些。从那以后，工作不断地减少。

现在回想起来，那也是必然。基本上没有怎么努力，只是随意画一画，我的画就变成白花花的钞票飞了过来，由此我开始自以为是，以为“世界就这么简单而已”。

而转眼之间，我的画就让大家感到厌烦了。作为主要收入来源的广告业务没有了，杂志的连载也被取消，就连插画的工作也越来越少。

那个时候，我不知所措。不管怎么画，大多还是无法被采用。我觉得我是花了很多功夫的，可是仍然被人嫌弃道：“你老是画同样的画，我们很困扰。”

当时，我觉得庆幸的是，还好我不是一个人。即便我的画图工作无可救药，我依然还有他。只要成为他的妻子，为他生孩子就行。而且，渐渐地，我也想安定下来。画图方面，我也并不是完全没有工作，当成兼职来做就好了。

正是当我萌生出这种念头的时候，他开始用冰冷的眼光看我。人是多么敏感哪，立马就能察觉到有人要依赖自己。

我们没有结婚就同居，并不是因为有什么特别的理由。婚礼、户籍、彼此的亲人等，比起这些麻烦的事情，我们更想尽快地住在一起。所以，就开始了同居的生活。这样的生活舒适到我以为可以永远持续下去。而且他也对我说过，如果我想穿婚纱的话，我们还是办场婚礼吧。但我拒绝了。因为那时候，我觉得我已经足够幸福。

可是，他却开始鄙视我，他说："既然我们说好了各交一半的房租，如果你不能靠画图挣钱的话，就出去找工作！"的确是这个道理，我却受到了极大的打击。

我们应该是彼此相爱的。既然如此，如果一方陷入困境，另一方出手相助不是合情合理的吗？如果我们的立场交换，我想我会非常乐意帮助他。

我们开始了无休止的争论，渐渐地演变成没日没夜的争吵，然后开始了冷战生活。终于有一天，我受不了了，大声地喊了出来："如果你那么讨厌我，你就搬出去吧！"就这样，他走了，连一张字条都没有留下。

是恭子拯救了那个惊愕万分、茫然不知所措的我。

他带走了全部的存款，我连下个月的房租都交不上。床、洗衣机、冰箱，我通通没有。

恭子对我说："总之，你先把房子退掉，搬到我这里来。"想到自己反正不能带太多的东西去她那狭窄的房子，而且我还需要现金，于是我将能卖的东西全部卖掉。

在恭子的帮助下，零零碎碎的杂物、作画的工具、衣服等，全都卖给了二手店。那些老旧的锅和窗帘都卖掉了，可不知怎的，他送我的那件法兰绒衬衫偏偏卖不掉。我犹豫过该不该扔了它，但正好傍晚的冷风开始有些刺骨，连夹克都卖掉的我无奈地披上了那件衬衫。

随后，我带着很少的日常用品住进了恭子的家。

那天夜里，我没哭，恭子却哭了。她哭着痛斥那个席卷一空甩手走人的男人。"好过的时候靠过来，不好过的时候就拍拍屁股走人。"而我虽然也伤心，但是恋人、工作以及居住的房屋都一起失去后，反倒觉得轻松了。而且我并非赤裸裸，一无所有。至少我的面前，还有这样一个为我的事情而真心痛哭的好友，以及搭在我肩上的那件旧衬衫。

那以后的一年多里，我就住在恭子的房间里。她说什么也不收我房租，而是让我把钱存起来，以便早点儿租到自己的房间。

白天我就在普通的公司里工作，晚上则在夜总会打工。就这样一点儿一点儿地存钱，终于租得起一个狭小的房间。

租到自己的房间，有了一点儿结余后，我辞掉了夜总会的工作，又慢慢地开始作画。

重拾久违的画笔，我再一次深切地感受到，我喜欢作画的程度胜过给那些陌生的老爷子端茶倒水上百倍。而且，这是我第一次真真正正学习如何作画。虽然没有能够去专业学校学习的钱，但是在街道的文化俱乐部还有市民教室里，我学习了如何画石版画、粘贴画和油画。

大约从两年前起，工作开始像零星雨滴般一点儿一点儿地飘来，渐渐地像开了水龙头似的涌过来。之前有过来往的人都表扬我的画风变了，变得更有力量了。就这样，我将失去的东西重新找了回来。

///

“我们该回去了吧。”

只管闷头吸烟的他突然轻轻地冒出这么一句。我仔细看着他的侧脸，那张乍看之下还很年轻的脸，上面的肉已经微微有些下垂，而且暗淡无光。

他想跟我说什么？又为什么没有说出口？

“工作顺利吗？”我问。

他缓缓地看向我。其实，不问我也知道。可是，如果我不替他起这个头，他是什么都说不出口的。对的，人就是这样，即便对方什么也不说，也知道自己被对方依赖着。

“现在……正好在失业中。”

“那你想让我怎么帮你？”这句我想说的话，最终还是没有说出口。

好过的时候靠过来，不好过的时候就拍拍屁股走人。会这样做的，不止他一个。有魅力的人，大家都靠向他；当他变得无趣时，大家又离他而去。

可是，我们曾经是相爱的。所以，当我掉入洞穴时，我多么希望他能拉我一把。然而，他对在洞穴底部呼救的我视而不见，转身而去。

现在的我，正俯身盯着那个在黑暗的洞底默默仰望着我的他。

他呼唤着我的名字，我多么想把耳朵捂住，我的手心冒出了冷汗。

我也要对掉落洞底的人置之不理吗？那些他曾经对我做过的事情，我是否也要对他做？

或者是，我拼尽全力将他从洞底拉上来，然后我们就能又一次过上像曾经那样幸福的日子？

回过神时，我已经站起身来。

我想是那时候的衬衫没有丢弃，所以才会出现今天这种局面。

也许，更痛苦的是俯身盯着洞穴的一方。

“赤裸着向前走。”在我的心里，有个声音呼喊着。

我也要对掉落洞底的人置之不理吗？
那些他曾经对我做过的事情，
我是否也要对他做？

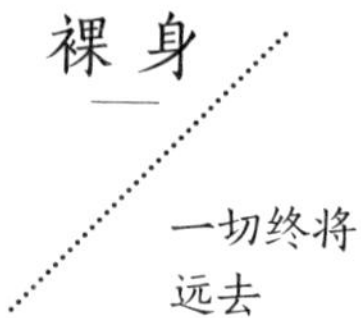

表面张力

我们晃动着牵在一起的手，朝车站走去。

我一笑，儿子忧伤的小脸立即放晴。

住宅区要翻修的消息，是从邻居家的太太口中得知的。

从前就一直住在这有三十年房龄的公共住宅区里，又是小区互助会[1]的会长，因此她的消息总是迅速又准确。

因为早有心理准备，我并不感到吃惊。但是，一想到这一刻终于来临，一颗心还是沉甸甸地往下落。

“我家儿子、女儿都结婚了，有各自的生活。他们老爸离

1. 互助会，也称“日本标会”，是日本很流行的互助合作组织。在同一单位工作或从事同一职业的人组织起来，平时共同集资，遇到其成员婚丧、受灾或患病，则按事先决定的方法，给予补助或借款。互助会对安定、提高其成员的生活水平和福利，以及改善所属单位的劳务管理方面起着重要作用。

退休也还有些时日。我家还好说，可你们家应该不容易吧？”

邻家太太看似在为我家担忧，但语气中又仿佛带着幸灾乐祸。

我冲她暧昧地一笑，她立马把音量压低了些，说道：“翻修后，这里的房租肯定要涨两三倍。你们一家人倒还年轻，努把力挣钱就行了。但你看，这里独居的老人这么多，我看哪，他们的意思是‘付不起房租就滚蛋’。”

“啊，直人，你怎么流鼻涕了呢？”

我立刻把话题转移到乖乖站在一旁的儿子身上，说完便拿出手绢擦拭他那根本没有流出来的鼻涕。当这种东家长、西家短的闲聊似乎会滔滔不绝地持续下去的时候，儿子这个角色就派上了用场。儿子也习惯了，迎合着我说：“妈妈，我想喝热热的可尔必思[1]。”

“是啊，今天天气这么冷。不好意思太太，那我们先告辞了。”

我们刚转身离开那个意犹未尽的太太，儿子就一声“阿嚏”，打了个喷嚏。看来，他是真的想喝热热的可尔必思了。

1. 可尔必思（Calpis）诞生于明治四十一年，是深受大众喜爱的日本饮料品牌。

///

这天夜里，我把住宅区翻修的消息告诉了丈夫。

“终于来了。”

简单地应答一句后，他便一言不发，大口吃着我做的土豆饼。儿子坐在电视机前看动画片。

这个旧住宅区主要提供给低收入人群，房租极其便宜。可能因为没有特别的法律规范管制，很多住户即便收入达到了普通家庭的水平，也不愿意从这里搬走。不过，这里还是以独居老人和残疾人居多，还有就是像我家这种低收入家庭。

“那怎么办？我们要不要申请入住？”

我谨慎地轻声问道。丈夫一声不响地喝完汤，放下筷子。

我的丈夫供职于一家小型印刷公司。由于资金不足，没赶上OA化[1]，经营愈加惨淡，近两年连奖金都发不出。加上丈夫工资本来就低，即便是这个比行价便宜得多的房租，我们也有交不起的时候。要住进翻修后的房子，怎么想都觉得是一件不可能办到的事。

“申请吧。”

---

1. OA，即 Office Automation（办公室自动化），是将现代化办公和计算机网络结合起来的一种新型办公方式。

丈夫一边端着空空的盘子向洗碗槽走去，一边轻声说。

“真的？”

“我换个工作。虽然欠了不少社长的人情，但是我们都快活不下去了，还有什么办法。”

他微笑着从哑口无言的我面前走过，随后在儿子旁边蹲下身来。直人也不看父亲一眼，只是目不转睛地盯着电视机。

“会不会太勉强？”我问。

丈夫背对着我，也不回答我的问题，只是一个劲儿地盯着儿子瞧。他的手轻轻地往儿子头上一放，便被很不情愿的儿子挥开。

“这小子在发烧哟。”

我急忙站起来。是不是知道若是被大人发现自己在发烧的话，就肯定不准他看电视了，所以坐得端端正正的，装出一副一切正常的样子？

儿子突然大声地哭起来。

///

平日只在住宅区半径一公里内活动的我，会每半个月坐电车出一次远门——带儿子去医院。并不是他身体哪里出了问题，而是这孩子生来身子弱。一点儿小事情就可能引起发烧或长湿疹，甚至还可能引发癫痫。比起同龄的孩子，他的个子要瘦小得多。由于我们过于频繁地往小儿科跑，那里的医生便给我们介绍了更大的医院，儿子现在正在接受体质改善治疗。鉴于我家这种情况，我自然不可能放着儿子不管而跑去工作。

不过，我也并没有因此感到不满。

跟儿子每两周一次的出行，只要他身体状态好，每次都是非常愉快的亲子活动。早晨的检查结束后，我们便在医院的食堂里吃午饭，回去的时候特地坐绕道而行的山手线[1]地铁。这短短四十分钟的旅行，我和儿子都玩得很尽兴。儿子脱了鞋趴在车窗上，目不转睛地盯着飞逝而过的风景。我则漫不经心地看着车厢里的人们。

工作日白天的列车里空荡荡的，列车播音员的声音和车轮与轨道碰撞的声音听起来都好像是从遥远的地方传来一般。屁股下面的垫子和从背后照过来的阳光都让人感觉温暖。恍惚中，我漫无边际地思考一些零零碎碎的事情。

翻修的事情很快传遍了整个住宅区。翻修期间会给我们安排别的住所吗？翻修后房租会上涨多少？具体什么时候开始翻修？不确定的事情还很多，大家都感到疑惑不已。

1. 山手线是东京的通勤铁路路线之一。整条运行轨道呈环状，环绕东京都运行。

///

刚才我所说的小区互助会会长住在我们右边，我们左边则住着独居的老太太。她看上去还挺硬朗，自己一个人外出买东西都没问题，但我还是有些担心，每天都会去问候她一声。

老太太也听说了住宅区翻修的事情。“如果这样的话，我就只好回儿子所在的老家，让他们照顾我了。”她嘀咕着，我默默点头。如果儿子一家是欢迎老太太的话，她就不会一个人住在这里了。可是，她别无选择。

在列车晃动带来的快感中，我缓慢地闭上眼睛。亮晶晶的阳光碎片在眼底晃动。

我的故乡也回不去了。并不是不能回去，只是即便回去，那里也空无一物。而且丈夫还说要换工作。在这样不景气的大环境下，离开东京更找不到工作吧？尤其是在我的故乡。

关于十五岁之前所在的故乡，我总是想到那绿意盎然、人丁稀少的村庄。那粗糙的白铁皮屋顶的房子。猫头鹰低沉的叫声和那满天的星星。下着暴风雨的夜里，深山总像怪兽一般呼啸，让我心惊胆战。

正在这时，好像听见有人呼叫我的名字，我睁开眼。眼前站着的男人正俯视着我。这个衣着整洁的男人，似乎在哪里见过。

“真巧啊！”他微笑着说。原本望着窗外的儿子也回过头，问我：“他是谁啊？”

“妈妈的……哥哥。”

我像是说给自己听一般地回答道。

///

跟哥哥已经不知道是几年没见了。只听说他也在东京，但是从未想过要找他。

年长两岁的哥哥跟我一样，中学时代就离开了老家，因为老家的周边步行能到达的区域内没有高中。从那以后就没再见了，算起来有十年之久。

“你居然认出我来了。”我们面对面坐在咖啡店里。

“当然能认出来，因为你根本没变。”

“哥哥倒是变了不少。”

“嗯，是啊。”

哥哥似乎有些害羞，低下头喝了口咖啡。他穿着一身做工精良的西装，比以前胖了很多。虽然头发梳得整整齐齐，鞋子也擦得干干净净，但也许是因为他戴的那只金表，总觉得他没有正常白领的气质。

“一直没有跟你联系，真不好意思。”

看着哥哥一脸尴尬的表情，我连忙摇头：“没关系，别在意。”

“听说妈妈死了。”

我目瞪口呆。“你知道？”

哥哥点燃一支烟，但注意到正在吃圣代的儿子，又急忙把烟插进了烟缸。

“去年难得回去了一趟，听附近的人说的。”

“嗯？回去？你是说回家吗？”

“对，还在建。以前那么破烂。”

“我还以为那一带早就被拆掉了呢。”

“是啊，那种地方放任不管的话，自己都会腐烂消失掉的，哪里还需要花钱去拆啊。”

我们都笑了笑。

“听说是因为脑中风走的，我还以为肯定是自杀呢。”

“对呀，她曾经是个以自杀为嗜好的人呀。”

“是啊，那的确像是她的嗜好。”

我和哥哥的这番谈话，若是让不知情的外人听了，肯定会瞠目结舌吧。想到这里，我不禁笑了笑。现在回想起来，那时的母亲肯定得了严重的抑郁症。她通过相亲认识父亲，嫁到这个一穷二白的地方来，生了两个孩子。除了打工，她还要没日没夜地打理家里的事情，而父亲只是偶尔寄钱回家。终于有一天，她一脸筋疲力尽，拿起厨房里的菜刀割了自己手腕。虽然那次没有酿成严重的后果，可是从那以后，只要一离开我们的视线，她就一而再、再而三地往自己身上动刀子。

母亲是在我入读高中那年回娘家的。从那以后，我再也没有见过她。听说她回娘家后，症状还是没得到缓解。她从未给我寄过信，我也从没起过去探望她的念头，即便我高中的学费和住宿费全都是母亲娘家寄给我的。

听起来我好像很无情，但我其实不太喜欢母亲。无论什么时候，母亲都在唉声叹气。“事情不该是这样。”“为什么偏偏只有我这么倒霉？”

“小学也停办了。”哥哥说。

儿子突然插嘴问什么是“停办”。大概是他吃完圣代后，开始觉得有些无聊了。

“‘停办’的意思是学校没有了。”哥哥眯着他那肥肥的双眼，给儿子解释道。

“为什么没有了呢？”

“因为没有人了呀。”

儿子没再追问，一副意兴阑珊的样子，双脚在桌下晃动着。

“你为什么要回去？”

大概是因为老朋友的婚礼或者葬礼吧，我猜。哥哥却自嘲般地嘴角上扬，笑了笑，说：“这个嘛……土地，我想回去看看后山的土地怎么样了。”

哥哥说得很暧昧，我却一下子明白过来，连忙起身道别。临别之际，哥哥给了我一张名片，说如果我有什么困难，可以打电话找他。可是，哥哥没有问我的联系方式。

快到傍晚时分，车站里人潮开始聚集，我和儿子并排站立其中。哥哥的名片上只写着手机号码。他回老家其实是为了查看土地的价值吧。而且，他一定非常困苦，困苦到不得不回到那再也不想回去的故乡，去看看是否有值钱的东西。

突然，我有了一种胃的深处涌起了什么的感觉，我紧紧地握住儿子的手。直人抬起头，一脸不解地看着我。

“妈妈？”

“不好意思，不知怎么的，我觉得……”

我正想说我觉得恶心，就一下子瘫坐到地上。只听见身旁站着的白领模样的女孩慌张地大声呼叫列车员的声音。

///

有事情跟丈夫商量时，一般选在晚饭时间。不过，这天我将儿子哄入睡后，等着丈夫洗完澡才打开话匣。我知道他肯定会不高兴，只是没想到他的表情比上次在最终面试中被刷掉时还要痛苦。

“现在不行啊。”

“明白。”我回答道。他的反应在我预料之中，所以只需要听到他说这一句，我便没有必要再追问了。

“我……没有信心。”刚准备睡觉，拉开儿子在其中熟睡的房间门时，丈夫在我身后轻声叹息道，“就是直人一个孩子，我也没有信心供他上大学。再添一个的话，我……”

我想说“我们可能根本活不到那个时候”，但是这话是不是该说出口？我迟疑了一下，还是算了。

“没事，孩子以后还可以生。”

丈夫勉强点点头。

“晚安。”

“晚安。”

我钻进儿子旁边的被褥，闭上眼睛，听着儿子均匀的呼吸，进入了梦乡。

///

堕胎手术轻而易举地做完了。感觉一分钟前才打了麻醉针，刚回过神，自己已经躺在病床上，一切就都完成了。护士看见我醒来，便温柔地叫我继续躺着，别动。住宅区旁边这个小小的妇产科诊室虽然又旧又窄，但是房间里暖气开得很足，让人感觉暖暖的。

即使护士让我动，我也动不起来。虽然没有地方痛，但感觉很疲倦。不过，这种疲倦的感觉反倒让我心情舒畅。

故乡的景色又一次浮现在半梦半醒的我的眼前。哥哥说的那所停办了的小学，在我毕业的时候，全校师生只有五个人，停办也在意料之中。

工业和旅游资源都没有的那个村子，现在一定没有人住了。那些被抛弃的房子就在经年累月中荒芜腐朽。在日本，不知道有多少这样的小村庄。人们就像是用竹叶编织的小舟，顺着小河流向大江大海，最终停留在大城市。所以，现在城市里的人就像要溢出来了一般。那些老旧的地方，如果不翻修成又大又新的房子，根本无法容纳这么多的人。

在四处汇聚而来的滚滚人流中，孩子都成了奢侈品。如果这里决了堤，人们又该流向何处？我又该流向何处？

“妈妈……”一个轻微的声音把我叫醒。我睁开眼睛，眼前是低着头满脸担忧地看着我的邻居老太太和儿子。

“我和这孩子都担心你呢。”老太太有些羞涩地说道。今天把儿子托付给老太太照顾，本来已经告诉他们我傍晚就会回去，让他们别到医院来，结果他们还是来了。

我一笑，儿子忧伤的小脸立即放晴。他抬头看看老太太，老太太也笑着点了点头。

不过，我特意拜托前来的丈夫却没有来。

///

丈夫的工作总算有了着落。我的身子也一天天康复起来。日子一如既往，平缓地流淌着。

冬季里，有一次儿子发了四十摄氏度的高烧，三天都降不下来，我只好带他住院治疗。看着医生乌云密布的侧脸，我都做好了最坏的心理准备。后来，春天来临时，儿子居然康复了。医生说也许是他的抵抗能力增强了。

春光灿烂的窗边，儿子翻看着绘本。

“喂，妈妈。”

我正在折叠衣物，停下手上的活儿，朝直人的方向看去。

“妈妈，我想养猫。”他边说边指着自己最喜欢的动物绘本。

“这可不行哟，我们家可是住在小区里。”

“为什么小区里不能养猫？”

“我们家不是住在五楼吗？要是猫往外爬，岂不是就掉下去了？”

这样的借口儿子也乖乖地接受了。我正松一口气，他又说：“那我们去神社看那些野猫吧。”以前我们散步的时候，看见过神社后面成群结队的野猫，一定是谁特意喂养的。

我支吾两声。要是他只是看看还好，如果看到小猫崽，他肯定想要。到时候我再反对，他会不会乖乖听话呢？

“对了，妈妈，有没有‘野人’呀？”

儿子这突如其来的问题让我一时傻了眼，随即又笑了出来。

“有啊。”

“真的？”

“想去看吗？”

“嗯！”儿子用力地点点头。

///

儿子躲在我的裙子后面，探出个脑袋。

车站宽敞的地下通道里，无家可归的人睡在硬纸壳上，三三两两，三五成群。我和儿子站在过道里观察他们。对他们的存在熟视无睹的往来人群，却向站着不动的我们投来诧异的目光。

“这些人就是‘野人’吗？”儿子有些胆怯地问道。

“是的。”

“好臭啊。”

“野猫不也很臭吗？”听我这么一说，儿子点点头。

“有谁给他们饭吃吗？”儿子抬起头，用他流露着胆怯和充满好奇心的小眼睛盯着我追问道。

“不知道啊。”

“我们要不给他们点儿什么吧。”

“可是，妈妈什么都没有带来呀。”

儿子在自己的口袋里搜了搜，取出一颗糖。然后，他悄悄地走近一个无家可归的人，轻轻地扔了过去。

那个人缓慢地睁开眼睛，看到我们后，一脸的胆怯，直往后退，紧张地站起身跑开了。

“他跑了。”儿子满脸失望的表情。

“我们该回去了吧？”

“我还想看一会儿。”

“直人，你也想变成他们那样吗？”

儿子想了想，问：“妈妈你呢？”

被他这么反问，我愣了一下，回答他说：“如果直人你愿意的话，妈妈也愿意。”

“我也是，如果爸爸也愿意一起的话，我也没问题。”

儿子带着一脸天真无邪的表情望着我。我不知道他的回答是出于一个孩子的体谅，还是他真的觉得只要父母跟他一起，流落街头也无所谓。

“说的是啊，三个人一起的话，就不会寂寞了。”

说完，我牵起儿子的手往前走，地下通道里横躺着的流浪汉的脸，一张张看过去。最近，女性的面孔也多了起来。

刚来东京的时候，我在这里看到过跟父亲长得很像的人，像那外出打工消失得无影无踪的父亲，但我不想上前去确认。如果真的发现是父亲的话，我感觉自己也会跟母亲一样，变得唉声叹气吧。

如果真是这样，那肯定活不下去。

在滚滚人流汇集起来的人海中，我们处在边缘。如果像母亲那样整天唉声叹气，恐怕立刻就会被人流挤出去。

儿子哼唱起动画片里的歌曲，我也轻声跟着哼，他回过头笑嘻嘻地看着我。眼角的泪滴轻轻摇晃着，在阳光下发出光亮，却没有滴落。

我们晃动着牵在一起的手，朝车站走去。

眼角的泪滴轻轻摇晃着，
在阳光下发出光亮，
却没有滴落。

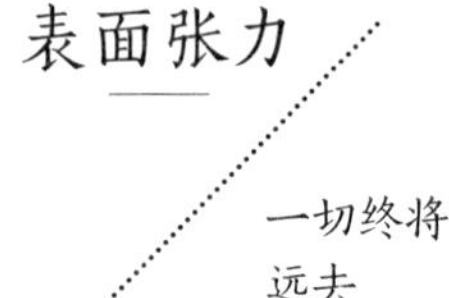

裁缝剪刀总藏于心

她用心中那把大裁缝剪刀剪掉的，不是别人，而是自己的感情。

这次柚木小姐没有把不需要的人当纸屑一样揉成一团，扔进垃圾箱。

“桌子很脏。”

背后突然传来一个声音。我回头一看，只见柚木亚纪子抄着手，从上往下俯看着我。

“啊？”

“小柴君，你的桌子为什么这么脏？”

她这种说话的方式听起来倒不像在生气，而像是真的疑惑不解，找我寻求答案来了。

“这个嘛……”

“为什么不整理呢？”

“我也想整理来着。”

我随口答道，毫不掩饰自己不爽的心情。每天都在认认真真地工作，这不就行了吗？桌子脏不脏、是不是连续几天穿同一条内裤，这些不是个人自由吗？

“看，这些东西不需要了吧？赶紧扔了。”

她抓起我放在那高高耸起的文件堆上的传真纸，揉成一团。

“你这是要干什么？”

“扔了它。”

“请别随便乱扔哟。这个如果是重要文件可怎么办？”

“是重要文件的话，就请不要随便放在桌子上。看，这里为什么还有脚印？”

她把揉作一团的纸摊开，展示在我面前。

“肯定是掉在某个地方了，不知道被谁踩了一脚，可是又不知道该不该扔，就好心地放了回来。你既然需要，为什么不好好收起来？如果你不需要，为什么又不赶紧扔掉？”

虽然我一肚子气，但她说的话非常在理，我还是道了歉。

“真是对不起。”

“我托你要的照片呢？”

她这话题转变得太突然了，我一下子没反应过来。

“啊，是，是。滑雪场的照片，对吧？嗯，我早上去取来了，放在……”

我在文件堆成的小山中寻找茶色的信封。这是要在下期杂志上登广告用的新滑雪场的照片。她好像从心底感到我无可救药了，重重地叹了一口气。

“请等一下，刚才放在这里的……”

“明天早上之前一定要找到，顺便把你的桌子稍微整理一下。”

说完她便转身关上门走了。我夸张地咂咂嘴，一屁股坐到椅子上。

“柚木小姐说得对。”

刚坐下来，对面桌子的打工女孩就哧哧地笑了起来。

“是吗？我不就是桌子脏了点儿吗，犯得着她这样啰啰唆唆地说吗？这不也是工作太多了，没有时间整理才这样的嘛！”

“您说的是。不过，柚木小姐可不是那种会为小事而轻易动怒的人哟。她肯定是实在看不下去了才说的。”

我勉强点了点头。我的桌子确实太乱了。

前后左右都是堆得高高的文件，脚边的纸箱子里也装满了东西。当然，桌子里面也塞满了纸张和其他的东西。稍微有点儿空隙的中间位置也放着便笺纸和传真纸，打电话时不翻开这些“小山丘”，都找不到电话的踪影。顺便提一下，当我要做笔记的时候，就打开最上层的抽屉，在抽屉上垫块板子做笔记。

我们这家邮购公司算是业界的中流砥柱。我进公司的前四年都负责柜台业务，三个月前突然被调到总公司负责持卡会员会刊的编辑部门。

编辑部门的成员就包括课长、柚木亚纪子和我。虽然也聘用兼职和自由撰稿人，但是做策划编辑的只有我和柚木。即便是一本小册子，也够我们忙的了。从来没有做过杂志编辑的我，实在是一片兵荒马乱。我的现状变成我桌子上的惨状展现了出来。唉，不过，整理本来也是我的弱项。

“我稍微整理一下吧。”

我正准备翻找不知所踪的照片，胳膊却不小心碰到了堆成山的文件。我急忙伸手，想稳住这些摇晃的文件，可是“小山坡”还是齐刷刷地滑向了旁边柚木亚纪子的办公桌。

她那儿什么都没放，干净清爽的办公桌上，全是我散落的文件。

///

第二天早上，我刚到公司就看到柚木亚纪子站在我的桌前。仔细一看，她居然窸窸窣窣地一会儿翻我的文件，一会儿开我的抽屉。我眉头一皱，悄悄地从后面靠近她，故意在她耳边喊道：“早上好！”

“你要照片的话，我已经找到了哟。”

她肩膀一颤，吃了一惊，转过身来。

我满腹牢骚地说：“我又弄丢了什么吗？”

“不好意思，你过来一下。”她无视我满腹的牢骚和挖苦，低声说道。然后用眼光指了指小会议室的方向。我耸耸肩，跟着她进了小会议室。

刚坐下她就想说什么，又好像有些犹豫似的叹了口气。难得见到她这副吞吞吐吐的样子，我着实有些吃惊。

柚木亚纪子与我同龄。我上大学之前留了两年级，所以她比我早两年进入公司。听传闻，她在公司同批入职的员工中非常突出，已经做到课长代理的级别了。

不过，她的外表看上去与传闻中描绘的女强人有些差异。身着朴素的西装，留着普通的发型，长裤袜还有些歪斜，再怎么偏着心眼看，也就是个平凡无奇的女白领。偶尔会有像昨天那样生气的时候，但平日里对谁都比较温和。据说她到目前为止辞退过五个打工的人，还跟课长发生过婚外情，但是怎么也看不出来她是这样的人。

正是我不擅长对付的类型啊。我看着她其貌不扬的侧脸想道。高中时候，班上成绩最好的女孩子就是这种类型。不用太努力地学习，轻轻松松就能取得第一。我记得她曾经发表过这样的言论："考试范围都划定了的考试中，居然还考不到九十分，真是无法理解。"当时这还在班上引起过争议。

"你知道门票的事情吗？"

她这突然一问，我才回过神来。

"啊？"

"你不会打开过我的抽屉吧？"

问得我简直瞠目结舌，明明是她打开了我的抽屉。

"我怎么可能打开你的抽屉。"我带着满腔的厌烦答道。

"也是，你又不知道钥匙在哪儿。"

"到底是怎么回事？你好好说明一下。"

被我一催，她才道出原委。上个月的会报上登了广告，承诺将十张最近受欢迎的摇滚乐队演唱会的门票以抽签的形式作为礼物送出。这个乐队在东京只有一天的公演，因此这可以说是非常珍贵的门票，是她通过关系才拿到手的。

她昨天把票拿来后，直接放进抽屉，锁了起来。可是今天早上到公司，打开抽屉一看，十张门票全都不翼而飞。

"但你不是上了锁吗？"

"不过，因为柜子里还放着复印纸和软盘，为了方便大家在我不在的时候拿取，所以钥匙的放置地点我告诉了女孩子们。"

"那你锁了不就跟没锁一样嘛。为什么不放进金库呢？"

听我这么一说，她低下头，咬紧嘴唇。她平时可是基本上不怎么变换表情的人，看她这副懊恼的神情，我不禁心中一惊。

“你知道昨天有谁留在公司？”

“嗯，我七点离开公司，剩下的人有课长、布施和西川……”

我刚说完，随即头一歪。

“等等，柚木小姐，你确定票是放进抽屉里了吗？”

被我这么一问，她一副万万没想到我会这么问的表情，断言道：“那当然，我怎么可能弄错。”

她这种说话的方式立刻惹得我怒火攻心。她当真把自己想得太完美，完美到可以如此断言。

“明白了，谢谢。”说完她便起身，迅速地朝办公室外走去。

“喂，等等，等等。”

我赶紧起身阻止。她回头看我，一脸的疑惑。

“您这是明白什么了？”

“犯人，犯人是布施。”她又说得斩钉截铁。

“为什么？”

“昨天留在公司的有课长、布施、西川，对吧？课长是不可能偷的，西川又不知道钥匙放置的地点。”

“别就这样下结论哟。隔壁总务科的人当时也还在公司哟。”

“总务科的人不可能知道我抽屉里面有门票。肯定是布施，那个孩子很可能干这种事情。”

她说完就转身要走，我赶紧抓住她的肩膀。

“叫你等一等嘛。”

“怎么？”

“要真是布施干的，你会怎么办？”

布施就是当时那个安慰我说“柚木小姐可不是那种会为小事而轻易动怒的人哟”的打工女孩。才二十来岁，茶色的头发，化着夸张的珍珠色系的彩妆，我感觉她是个挺直爽的好姑娘。

“什么怎么办？当然是把票拿回来，然后报告给人事。”

“喂，喂。”我深深地叹了一口气，“有话好好说嘛。如果真的是布施干的，她肯定在公司里待不下去了。”

“那当然。”她说话时表情没有丝毫变化，“我要原谅她的话，我才有问题呢。”

“可是，要是弄错了的话怎么办？”

“不会错。”

“要是错了的话，柚木小姐你的信誉就毁了啊。”

我的这句话拖住了她即将迈开的步伐。我双手合十，放在胸前，说：“柚木小姐，这件事情就交给我来处理吧，妥当地处理。”

“为什么要交给小柴君你？你跟布施在交往吗？”

“怎么会？”

“那你为什么要袒护她？”

她好像完全搞不清楚状况般地问我。我又一次深深地叹了口气。

///

可是，这天布施没有来公司，无故旷工。我拦下了怒气冲冲要去跟课长汇报的柚木小姐，傍晚拉着她一起造访了布施的公寓。

果然如我们所料，她不在。从外面打电话给她，也只有留守电话的应答。我提议先找个地方吃晚饭，边吃边等她回来，于是我和柚木小姐走进了附近一家居酒屋。

最初气氛有些尴尬，我们喝了点儿啤酒，就只顾着吃下酒菜。再这样下去，气氛肯定会越来越糟，所以我拼命地找话题。

“柚木小姐，你在学生时代成绩一定很好吧？”

本来聊一些工作上的事情就好了，我却一不小心挑了这么个话题。她瞟了我一眼，又把视线移开。

“你问这个干吗？”

“没什么，就是感觉你跟我高中时期班上成绩最好的女生有点儿像。”

没想到她扑哧一声笑了。看到她的笑容，我也松了口气。女人哪，还是要温柔可爱才招人喜欢嘛。

“小柴君，你成绩肯定很糟糕吧？”

“嗯。”

她说得没错。我只有体育成绩好，其他科目全部都是低空掠过及格线。

“还经常忘记做作业吧？”

“嗯，确实。”

“只有体育成绩还过得去，临近高考才意识到自己高中毕业后得找个大学，这才开始努力学习？”

我边点头边想：你也没必要说到这份儿上吧？

“还是孩子的时候，有没有收集过什么东西？邮票啊、怪兽玩具啊之类无聊的东西。但是很快又腻了，又去收集别的东西。长大成人后还舍不得扔，现在仍然放在柜子里。”

她的语气越来越不客气。

“你的房间肯定很脏吧？最后一次整理已经不知道是什么时候了。书、CD 什么的，买来后根本不打开就扔在一旁。床上散落着杂志和报纸，前一天的便当盒还原封不动地放在桌子上吧？”

我用手指揉了揉眉头。“你是不是故意找碴儿啊？”

“是啊，我再去给布施打个电话。”

她若无其事地说完后站起身，朝公共电话的方向走去。我深感疲惫，只是目送着她的背影。与其被那么吹毛求疵地说上一顿，还不如她直接当着我的面说：“我最讨厌你这种男的了。”这样恐怕要轻松得多。

“还是没人接电话。你说，她是不是假装不在家啊？我们装成送快递的人让她把门打开，怎么样？”

柚木小姐回来后边说边坐下来。我双手托腮，呆呆地望着她。

“你真的怀疑是布施干的？”

“为什么这么问？不是她的话，那你说是谁？”

“你不觉得该信任她吗？”

“值不值得信任，看她做事不就知道了？小柴君你可能不知道，那孩子之前就出现过问题。电话的应答做得也不好，拜托她的工作也不好好做。”

我呻吟了两声，抱住了头。

“也许你说得没错。不过，我看不出她是那种女孩。”

“你当然看不出来。你连哪些东西需要、哪些东西不需要都区分不出来。”

可能有点儿醉了，我愤怒到了极点，狠狠地瞪着她。

“是啊。我哪像你啊，跟你这种一旦不需要就轻轻松松扔掉，活得轻松自在的人当然不一样。”

她从鼻子里哼一声，转过身去。

“知书达理，优秀出众。可这种女人怎么还搞婚外情呢？那个课长可是到处拈花惹草的主儿，要真是有眼光的女人，怎么会跟这种人交往？”

她的脸越来越僵硬，连耳根都红透了。

完了。我本来是想套她话才这么说的，没想到正中要害。

“对不起，说重了……”

“我再去一趟布施家。”

柚木小姐一把抓起结账单，站起身来。虽然故作冷静，尾声却带着颤抖。

“小柴君，你可以回去了。”

“我们一起去吧。”

“你不愿意我把布施当犯人般地审问？”

她不怀好意似的歪嘴一笑。我不知道该怎么还嘴。

///

我们来到布施的公寓的时候，她公寓房间里的灯已经亮了。按铃后，根本不用装成送快递的，门自动地就打开了。布施从房间里走出来，看见我和柚木小姐后瞪圆了眼睛。我们一句话都还没说，她就大声地哭了起来。

布施整整哭了两小时。我使尽浑身解数才总算让她冷静下来。这期间，柚木小姐不倒茶，也不说话，只是面无表情地看着我们。

深夜了，布施才一点点地道出事情的原委。

她抽抽搭搭地哭着说，自己交往的恋人花钱大手大脚，最近借了很多钱，自己想多多少少帮他还点儿，知道柚木小姐的抽屉里有十张演唱会的门票后便起了贪念。

“那门票现在在哪儿？”我问。

布施从自己的抽屉里拿出一个信封。打开后，里面原封不动地放着十张门票。我递给了柚木小姐。

柚木小姐缓慢地站起身来。我以为她会说什么，可她一言不发，摇摇晃晃地走向玄关，穿起鞋子。

“柚木小姐。”我对着她的背影喊，但接下来也不知该说什么。

她没回头看我，只是安静地打开门，然后“咔嚓”一声，门关了。听起来就像她又剪掉了一件不需要的东西，我不禁摇摇头。布施还是抽抽搭搭地哭个不停。

这件事情，如果柚木小姐报告给上面的领导，布施这个打工妹很快就会被开除。或者，她自己也会提出辞职吧？

到底会怎样？我捏了一把汗。可是什么也没发生。一周过去了，布施还是照常来上班，柚木小姐和其他领导对她的态度也没发生变化。

我本想找柚木小姐问个究竟，可能是她故意回避我，总是找不到两人独处的机会。不管怎么说，柚木小姐没有把布施的事情报告给课长和人事部。门票也完好无缺地拿回来了。这次柚木小姐没有把不需要的人当纸屑一样揉成一团，扔进垃圾箱。

午休时间，过道里人少，我看见布施一个人在读杂志，便走上前去打招呼。

“前些日子麻烦你了。”她开朗地招呼道。

“嗯，你的事情柚木小姐谁也没说。”

“好像是啊。”

她突然耸一耸肩，笑着说：“我就知道柚木小姐会原谅我的。她那个人很善良的。”她像唱歌一般地说道。

我不禁仔细瞧了瞧她那天真无邪的脸庞。她到底有没有反省？那份天真无邪从哪里来？我感到莫名的不快。

“啊，丰田课长。”

看到刚吃过午饭回到办公室的课长，布施赶忙招呼道。课长回头，看到是布施，便嬉皮笑脸地走了过来。

“课长，刚才柚木小姐在找你哟。”

“哦。”课长答应了一声，“管她呢，我们俩去喝杯茶吧。”

我一声不响地看着这两个人。

“你好讨厌哦，我才不去呢。”

“你这是为什么？怎么这么无情？”

“课长，您不是刚有小孩儿了嘛，这时候可不能搞外遇呀。”

“正是因为刚生了，所以才想搞嘛。”

“啊哈哈。”布施大笑出声。刹那间，我的手无意识地举了起来。

手心瞬间感觉到火辣辣的疼痛，随即便听到女孩子悲惨的叫声。等我回过神来，布施已经倒在地上。

我的手被课长抓住了。我自己也吃了一惊，这是我平生第一次对女孩子动手。

“小柴你想干什么？对女人使用暴力。”

课长说话的同时，我的拳头已经飞向他的嘴角。背后不知是什么人在大声地叫我的名字。

不知有多少双手伸过来，想要按住我。

我推开大家的手，大声地怒吼道：“你们做的这些事情就不是暴力吗？”

柚木小姐一直面无表情的脸庞、整理得干干净净的桌面、颜色老土的西装，都是她为了保护自己不受无形暴力侵害的盔甲。

她用心中那把大裁缝剪刀剪掉的，不是别人，而是自己的感情。

在人群的那一头，我看到柚木小姐的脸，她看上去是那样渺小，那样子好像眼看着就要哭出来。

被人群推挤得一塌糊涂的我，真切地希望她不顾一切地哭出来。我继续咆哮着，就像任性的孩子一般。

在人群的那一头，
我看到柚木小姐的脸，她看上去是那样渺小，
那样子好像眼看着就要哭出来。

裁缝剪刀总藏于心

一切终将
远去

不完全自杀手册

如果“不说”是“希望被别人察觉”，那么“想死”其实正是“想生”，对吗？

正因为死更简单容易，所以我选择去死。

新年假期时，母亲去世了。

准确地说，她是在年底三十号的黎明时分，因为伤风感冒引起的肺炎，加上本就高龄，悄无声息地走了的。住在临街的舅舅飞奔而来，替不知所措的我料理母亲的后事。当天在附近的寺庙里守夜，第二天办葬礼，总算所有的事都赶在新年到来之前办妥了。

之后的事情，因为母亲的弟弟，也就是舅舅说他可以负责打理，我便接受他的好意，母亲的遗物和照片都没带，新年一过就从乡下回到了自己的公寓。然后装作什么都没发生过一样去上班，身边的人也不知道母亲去世的消息。

我并非决心要对大家守口如瓶，只是跟大家打照面时，“不说也罢”的心情便油然而生。

我就职的地方是大学的应用化学部研究室。在那里，我担任助手的工作。跟一般的公司比起来，人数可能很少，但是由于大家都各搞各的研究，所以对什么事情都是一种事不关己的态度。

私底下为争夺副教授的资格拉彼此的后腿，为对方的论文得到好评而相互嫉妒，这些事情好像是有的，但是跟我这个在竞争中被淘汰的人没有关系。

我本想向教授报告自己家中发生的不幸，可是刚踏进学校就没了那心思。

因为在我看来，这就跟报告“我这个寒假失恋了”一般，把自己的私生活拿到公共视野中来，由此得到一些礼貌性的安慰和形式上的祭奠，完了我还得跟人家道谢，想想都觉得是沉重的负担。

反正，再过不久我也会死去。

这是我很早之前就决定了的事情——父母都去世后我就自杀。

我以为还会有些时日，没想到解放的日子比预计的来得早。这个时候，麻烦的事情就免了吧。

当然，我可以立即死去。今晚可以，明天早上也可以。不过，张罗我葬礼的肯定是我那善良的舅舅。老是麻烦他也怪不好的。所以我决定在母亲断七那天死去。

还有半个月。剩下这说多不多、说少不少的时间该怎么打发呢？我在睡眼蒙眬中思考着。

///

年底的考试已经结束。学生们离开后，大学校园恢复了冷冰冰的平静。

研究室里除了来搞自主研究的人以外，大家都在休假。我们认真又硬朗的教授好像在忙着为还未就业的学生搜索相关的企业，还得出席他自己的学习会，因此很少在研究室里露面。

所以，我其实可以找个感冒之类的借口请假。这最后的为数不多的日子，怎么说也不该待在工作的地方，而是在别的什么场所度过比较好。

不过，现在也不可能去海外找个地方奢侈一把，但也不想待在自己早就待腻了的房间里。结果，我还是像往常一样来到了研究室，穿着有些污垢的白大卦，呆呆地眺望着窗外。

从研究室的窗户向外看去，可以看到底下的停车场。停车场一边的空地上，一个学生正在玩滑板。今天停车场里基本没有车，所以这学生拿板子搭了个像跳台一样的场地，在上面认真地练习着。

“桃井小姐。”

听到有人在身后叫我，我回过头一看，原来教授已经微笑着站在身后了。他没有穿白大褂，也没有穿西装，只是身着看起来有些老旧的毛衣。可能是因为上了年纪，这身穿着让他显得有些寒酸。

“咦？您不是在休假吗？”

“我只是来研究室露个脸……你今天不也是休假吗？”

这位年过六旬的教授，言谈举止都很文雅，看起来很温和。不过，仔细听他说话的内容，其实带着辛辣嘲讽的意味，挖苦着我这个来上班，但是一个实验也不做的落后研究员。

“啊，算了。你看起来好像没精神呢。”

还没等我回答上一个问题，他便这样说道。我只觉得懒得搭理，视线也随之低垂。

到底有没有精神，旁人怎么会知道？更何况教授你怎么可能察觉到我的心情。我就是宁愿死，也不会告诉你这个人我亲人去世的事情。

“啊，那是星野君啊。”教授突然往窗外一望，面带假笑说道，“我听说啊，像他那种‘长毛’挺流行呢。”

故意使用年轻人用语的教授让我感到有些谄媚的意思，我没有回应。

“太宠学生的话，对他们没好处哟。”

无论他说什么，我都没有任何反应。大概他觉得没辙了吧，便拍拍我的肩膀，离开了研究室。

他那满是赘肉的身影离开我的视线后，我便继续看“长毛的星野君”。这时他刚腾空跃起，却不料摔了一个大跟头。

我不禁探头往外望去。不过一会儿，摔趴在水泥地上的他又爬起来，甩了甩头。我也松了口气。

星野君耷拉着肩膀坐在地上，弄着右手肘和指甲，看来是受伤了。

我走到自己的书桌前，打开抽屉，里面应该还有几片创可贴。翻遍了资料和笔记本，总算找到一片。

我想这可能是老天给我的最后机会。

///

“哟，小桃老师。”

我刚走近，盘腿坐在水泥地上的星野君就抬头看我。他左耳上的耳环一闪。我一言不发地把创可贴递给他，他露出吃惊的表情，接了过去。

“老师，你怎么了？怎么对我这么好？”

“我在上面看见你摔得很惨。”

他面带感谢的笑容，低下头去。这时，北风吹拂，我感到脖子有些冷，不禁打了个寒战。我环抱着双臂，问星野君：“考试不是已经结束了吗？为什么还每天来学校？”

“老师你不也是每天来吗？”

“这是我的工作。”

“我反正闲着也是闲着。”

他支支吾吾，笑了笑。星野君是我们教授讲座的三年级学生。跟时下的年轻人一样，他是个无忧无虑的大男孩。第一次提交的报告书被教授打回来时，跑到当教授助手的我这里哭诉。本应该是克服了重重难关才好不容易考进这所大学的，他却只能写出幼稚到让人无法想象的文章，我简直无言以对，不得不从零开始教他写论文。从那以后，我有时还帮他预测考试题，或者教他其他科目的课题，什么事情都有求必应。他好像把这些东西定价卖给了朋友们。教授发现了这个事情，所以才有了刚才那番挖苦人的话。

“放寒假，你不去滑雪或者回老家吗？”

“我晚上要打工。滑雪的话，下周去。”

“你也玩滑雪板吗？”

“嗯，从前年开始滑的。啊，贴不上啊，老师。”

单是为了左手没法给右手贴上创可贴这种小事情，他就像小学生一般嘟着嘴把创可贴递给了我。我蹲在星野君旁边，把创可贴贴在了他的手肘上。

我竟然会为这样的事感到开心，看来我跟中学时没什么两样，一点儿长进都没有。

“老师。”

听他这么一喊，我抬起头，他的脸已经凑到我眼前。长长的刘海被风吹动，刘海下面是那双线条分明的眼睛。我隐约闻到了他身上的汗味。

“今天感觉你有些奇怪哟。”

“是吗？”

我手忙脚乱地站起身来。他面无表情地抬头看我，然后慢慢地站起来，用手把宽松的迷彩裤上的污垢拍掉，捡起地上的滑板夹在腋下要走。

“星野君。”

他回头望着我。这个比自己小十二岁，只擅长玩和打扮，一篇论文都不会写的年轻大男孩。

“你今天要打工吗？”

“不，不用。”

“要不要去喝一杯？”

我以为他会很吃惊。可是，他只是稍稍地犹豫了一下，便爽快地点了点头，虽然他那总是带着坏笑的嘴唇边还是带着些坏笑。

我邀请星野君进了寿司店。“我没有钱哟。”他毫不装腔作势地说道。我当然没有让他请客的意思。

我们坐到吧台前，我让他随便点喜欢吃的东西，他用猜疑的眼神斜视了我一眼。

“小桃，你怎么了？是赌马中头奖了吗？”

他害怕也是人之常情吧。他肯定知道这个比自己大了一轮又不起眼的女人对自己有好感，所以装成一副天真无邪的样子来接近我，让我在学业上帮助他。而且在这基础上，还能免费吃寿司。他当然知道天下没有白吃的午餐，不警惕也难。

“其实，我想再过不久就辞去研究室的工作回老家去。”我说出早已准备好的谎话。

“啊？真的吗？为什么？”

“我母亲的身体不太好了。我想我也该相亲结婚尽点儿孝道了。所以，今天就当是送别会吧。”

“原来是这样啊。”星野君皱着眉头说道。

“你要早告诉我的话，我们就可以给你办个送别会了。”

“没事，反正我也不喜欢送别会之类的。”

“原来如此，原来如此。”他一边反复念叨着这句话，一边开始点金枪鱼和鱼籽。真是个唯利是图的家伙。知道这个对自己有利用价值但总是有些阴郁的女人要离开后，似乎一下子拨云见日了一般。

“那老师，我们今天好好喝一杯。”

“好啊。姐姐我请你，你随便吃。”

再干一杯后，气氛突然缓和了。我们或者说教授的坏话，或者讨论参加同一讲座的一个可爱但轻浮的女孩，越聊越尽兴。

“这里的寿司真好吃啊。我已经很久没吃过寿司了。”

“我也是。反正要死了，在死之前要吃个痛快。”

“啊？”他瞪了我一眼。

不小心说漏嘴的我赶紧找话弥补：“星野君，如果死之前只能吃一个寿司的话，你想吃哪种？”

“嗯，吃什么呢？吃星鳗吧，或者海胆。”

“我要吃虾。不是甜虾，而是炖煮的虾。”

“真是穷酸啊。要是我的话，还是要吃玉子烧。”

“你就是个小孩子。”

星野君开心地笑了笑，又点了一瓶日本酒。聊天聊到这会儿，我才总算感到松了口气。

对，死之前想做的事情，如果有，我就会去做。可是，绞尽脑汁想了又想，还是没有想出来。这是当然。如果有非做不可的事情，肯定也不会想到自杀之类的事了。

我想到的唯一的事情，与其说朴实简单，不如说是一个没骨气的愿望，那就是跟喜欢的男孩一起尽情地吃我喜欢的寿司。活了三十三年，死前只想到一点儿这种事情，真是丢人。

不过，如果不是抱了去死的决心，我恐怕不可能轻易地邀请星野君一起吃饭。如果让他感觉到是受到了老太婆的邀请一般，整个人觉得恶心，那我还不如去死来得轻松。咦？好像有些矛盾。算了，算了，反正，正因为死更简单容易，所以我选择去死。

"啊，肚子好胀，我吃不下了。"吃完洋葱金枪鱼卷后，他靠在椅子上心满意足地说道。

"再喝点儿酒没问题吧？"

"嗯，那下家店我来请客。我之前打工的烤鸡店，又便宜，又好吃。"

"要不去我家喝？"我赶在决心动摇之前快速地说道。刚准备点烟的星野君的手停了下来。

被他拒绝也没关系。他仓皇逃出这家店，大笑着给朋友们打电话说“我被小桃挑逗了”也无所谓。

反正我都要死，死要轻松容易得多。

///

我是十二岁那年割腕的。

没有什么大不了的理由，只是单纯的歇斯底里罢了。在学校跟同学吵了架，回家哭着向母亲诉说，反倒被她骂了。母亲只说：“吵架这种事情，一个巴掌拍不响，你也有错。”就对我不管不顾了。

母亲有时候就是这样冷酷。我期待的是她能够无条件地支持女儿，她的反应让我很寒心。对这个不管发生什么都不情绪化，只一味按照正确方式生活的母亲，我的心里有着仇恨一般的情绪。

如果我死了的话，她再怎么也会慌张吧？可能会后悔没能对我好一点儿。

仅仅基于这样一种心情，我就拿起美工刀割了自己的手腕。

只是划破了一根血管，并没有造成致命伤害。看着血不断地往外涌，我不禁大声哭了起来，很快就被父母发现了。

母亲受到惊吓晕了过去，我则被父亲狠狠地扇了耳光。父亲这样说："你没有权利伤害你的母亲。"

我一来没有想到冷冰冰的母亲会受到这样大的打击，二来没想到父亲会这么生气。这时候，我终于感到自己作为女儿还是被父母爱着的，同时与这种安全感相对的，还有一种恐惧，那就是我发现自己具有让父母痛不欲生的能力。

那时的我在冲动之下能够做出割自己手腕的行为，可见我是一个情绪起伏非常大的孩子，但是从那以后，我变成了善于隐藏自己感情的人。最终我变成了老实的乖乖女，再也没有做过让母亲伤心的事情。

高中的时候，父亲患癌症去世了。临走时，他嘱咐我要照顾好母亲，从此我便按照母亲的期望活着。由于老家没有像样的大学，我便申请了离家两小时车程的国立大学，毕业后直接在大学里工作。一个月里有两个周末会回家和母亲一起过。到母亲去世前，这样的生活方式一直持续着，一切都像母亲所期望的那样。

而我一直都想着死，朦朦胧胧地有"死"这个念头。

不管做什么，不管读多少书、看多少电影、听多少求生不得的人劝解，这个自杀的念头总是挥之不去。

///

黎明时分，我微微睁开睡眼，看见星野君在身旁小声地打着呼噜。在黎明的微光中，我看着星野君的睡脸。真没想到会跟他睡在一起。人之将死，真是无所不能啊，想着想着，我自己都轻轻地笑了出来。

我感到有些口渴，便披上睡衣，溜下床来。这一动吵醒了星野君。

"啊，老师，现在几点了？"

"才六点，你继续睡吧。"

"你要喝东西的话，也帮我拿一份。"他朝着正向厨房走去的我说。

"你想喝什么？"

"你有运饮吗？"

"那是什么？"

"运动饮料。"他含混不清地说。我耸耸肩，拿着两瓶宝矿力水特[1]回到了房间。

他坐起来，赤裸着半个身子，竟然在翻看床边的书。我差点

1. 宝矿力水特诞生于日本，是日本流行的电解质补充饮料。在中国，它被国家体育总局训练局相中，视为中国运动员争金夺银的运动健康饮料。

儿没拿稳手中的拉罐。他翻看的正是我最爱阅读的书——《完全自杀手册》。

“这个很有趣吧？”他一脸睡意蒙眬地问道。

“还好。”

“要是我的话，可简单了。研究室里不是有一大堆可以置人于死地的药吗？”

我一声不响地拉开拉环。他不知道，我当然已经收集了足够的毒药，可以让人喝一口就立刻上西天那种。

他好像也不是很感兴趣，放下书，大口大口地喝起饮料来，喝完还大声地打个哈欠。

我安安静静地看着他的样子，越来越期待死亡这件事情。我和他是无法用语言沟通的，他根本不可能猜到我现在的心情。

再过五分钟，他肯定急急忙忙地把衣服穿好，紧紧张张地道谢后离开这里。

然后再过几天，他得知我自杀的消息。到时候他肯定会自我感觉良好地跟人讲都是自己不好，都是自己太无情，所以老师才自杀的。

我一口气喝光了“运饮”，然后缓缓地叹了一口气。我从来没有觉得饮料这么好喝。

这样一来，那些始终没完没了，一直持续重复着的事情总算结束了。没什么兴趣，却为了交房租和生活费而不得不进行研究；一个人做饭；一个人睡觉。即便是不起眼的我也谈过恋爱。大学时候的恋人是我同年级的同学，但他去东京就业时没有带上我；以为跟教授的婚外情会长久地持续下去，却不料突然有一天就毫无缘由地被对方画上了句号。全都是些让人感觉刚找到生的喜悦，下一瞬间就被推下悬崖的恋爱。

我对研究既无热情，也没有野心，还没有自己的兴趣爱好。老朋友们都组建了家庭，早把我忘了。我找不到一点儿生存下去的动机和目的。能活到今天，依仗的是“为我难过的人死去后我就死”“把我的义务完成后我就死”的想法。

不过，这也结束了。我想做的事情全部都做了。像吃寿司、跟喜欢的男孩睡觉这些俗不可耐的事情，我也算完成了。有一点儿可惜的是，我不能看到自己的葬礼。我真想看到大家说“原来桃井小姐痛苦到想死这个程度了啊”的场面。

恍恍惚惚地盯着蕾丝花边窗帘那一边看的星野君轻声道：“喂，小桃。”

“嗯？什么？”

“你回老家后我们是不是就见不到面了？”

我盯着他的脸看，不明白他的意思。

这时电话突然响了。我吓了一跳，朝电话机看去，想不出谁会一大早打电话过来。我拿起电话，星野君一副泄了气的样子，点了一根烟。

“我是西田。”对方报上自己的名字。我花了整整三秒，才想起他是我们研究室的副教授。

“是这样的，今天学校那边打来电话说教授的太太去世了。你也知道，她身体状况一直不好。所以希望你转达给讲座的学生们，守灵仪式可能在明天举行……”

话筒那边还听得见声音，我却已经放下电话，朝星野君看去。

“怎么了？”从我的表情，他看出一定出了大事，于是从床上下来。

“听说教授的太太去世了。”我的声音在颤抖，他则轻轻地吐了一口气。

“是吗？一直听说她情况很危险，这段时间好像一直在住院。”

“你早就知道这个事儿了？”

“小桃，你不知道吗？”

我的身体里突然涌起某种情绪，心如刀割般疼痛。我终于受不了，大声叫了出来。

星野君似乎说了什么，把我紧紧地搂在怀里。我痛苦得无法呼吸。

我一直想告诉教授，告诉他他的抛弃对我造成了生不如死的伤害。

可是，为了报复他，我一直没说出口。不告诉他我亲人去世的消息，也是希望他得知后，后悔自己当初为什么没有察觉。

“没有人能懂我的心情。”我总是这样嘲笑别人。可是，反过来，我明白别人的心情吗？我和教授交往了好几年，可我连他太太生病的事情都一无所知。

“妈妈，妈妈。”不知不觉间，我像孩子一般一边抽泣一边呼唤母亲。

如果“不说”是“希望被别人察觉”，那么“想死”其实正是“想生”，对吗？

星野君惶恐不安地抚摩着我的头。我想，即便他不喜欢我也没关系。我羞愧难当，真像快要死去一般。

我的身体里突然涌起某种情绪，
心如刀割般疼痛。
我终于受不了，大声叫了出来。

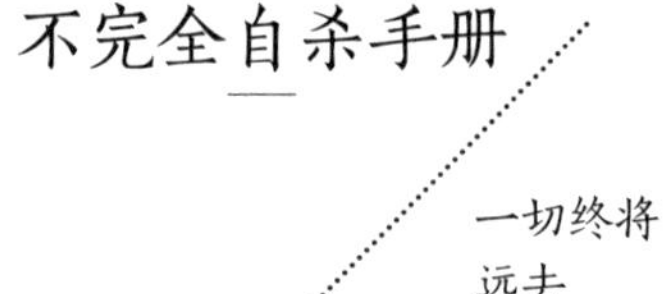

爱在钱包中

对，把一切都当成玩笑，按下重启键，重新来过。

奇怪的是，我既不紧张，也不觉得过意不去。

似乎我生而为人的重要的东西都变得麻木了。

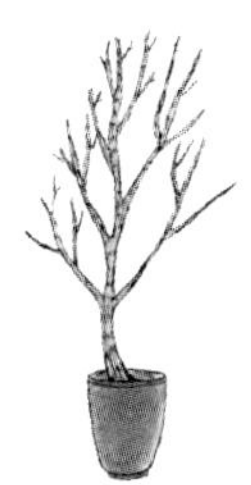

发现钱包不见是在我刚要下出租车的时候。

“请在那个十字路口左拐，在下一个信号灯的地方停。”我边说边把手伸进手提袋里找钱包。

咦？咦？我正疑惑不解，出租车已经拐过十字路口。坐在座位上摇来晃去的我还在自己钟爱的普拉达手提包里乱翻。找不到钱包。我着急了，干脆把包翻过来，把里面的东西通通掏出来放在座位上。

没有。全身上下的口袋也摸了一遍。我的钱包很大，不可能放进口袋。即便如此，我还是没放过任何一个角落。没有。我又把刚从包里掏出来的横七竖八地躺在座位上的东西全部检查了一遍，还是没有。仔细看了看脚边，也没见钱包掉落。

“到了。”

出租车早已停下。司机发现我的样子有异常，用猜疑的目光从后视镜里打量我。

“嗯……”

“出什么事了吗？”

“没……嗯……怎么办，我好像把钱包忘在家里了。”

司机缓慢地回过头来看后座上的我。一个哪怕恭维都称不上面相温和的男人。剪得短短的头发，与其说是清爽，不如说看起来可怕；又白又瘦的脸与其说看起来虚弱，不如说一看就是不好惹的类型。就是这样一个男人，正用他零下十摄氏度左右冷冰冰的眼神瞪着我。司机身旁的车费显示屏发出一闪一闪的红色亮光——三千两百日元。

“是真的。谁会故意一分钱不带就坐出租车的？”

“你不是正坐着吗？”

“所以，我说，这是因为我真的没想到自己会忘带钱包。”

“切。”司机夸张地咂咂嘴。我一肚子怒气，可想到不对的是我，还是乖乖地跟他道歉。

“真的对不起。那你说怎么办才好？”

“我掉个头，开回你家去怎么样？”

“可是我跟人有约。”

“那你找约的那个人借钱不行吗？”

“可是，我要见的人跟我的关系并没亲密到可以借钱的程度。”

到这一刻，我才总算意识到事态的严重性。我现在是要去跟房屋中介签订我新房的租赁合同，本来该交的押金和礼金都在钱包里。跟房屋中介约的是早上十点，现在已经十点过三分了。我睡过了头，急急忙忙地打了个的，赶到了这里。

我用我那处于恐慌边缘的脑袋仔细想了想。钱包里还有我房间的钥匙。出房间的时候，虽然很急，但是我感觉我在关门后就跟平常一样把钥匙放进了钱包。也就是说，钱包不是忘在了房间里。那就是出门后到打到出租车这段时间里弄丢了？如果现在坐车返回家中还是找不到钱包的话，这个凶神恶煞般的男人恐怕更要生气了吧？

“我晚点儿一定付给你，不管是通过银行汇款还是支付现金，绝对给你。啊，我可以在今天之内把钱拿到你所在的营业所去。”

“喂，小姐，大家都这么说，可是基本上没有人会老老实实照办的。”他眯着眼睛，用猫一样的声音说道，这个故作温柔的语调听起来让人毛骨悚然。

“别人是别人，他们可能会这样，但是我绝对一分钱都不会少给你的。”我挤出仅有的一点儿勇气说道，随即在从手提包里找到的 KTV 折扣券背面写下自己的名字和联系方式。

“这是我的住所和电话号码，没有骗你。”

我把折扣券递给司机，正准备拿出驾照证明我所写属实，瞬间想起驾照也在钱包里。司机没好脸色地看了一眼折扣券便揣进口袋，随即递给我一张名片。名片上面写着出租车公司的营业所地址。

“不管你用什么方法，总之请尽早把钱付清。”

“对……对不起。”

“快下车，别再浪费我的时间。”

我也没法还嘴，乖乖地下了车。车门“咚”的一声关上，出租车立马飞快地开走。被熏了一脸尾气的我一时半会儿没反应过来，站在原地一动不动。

过路的上班族们边走边看着傻站在路边的我。清醒过来后，我看了一眼手表，已经比跟房屋中介约定的时间晚了十五分钟。房屋中介就在一条街远的地方，我却没了直接前去说明事情原委的勇气。

正准备给房屋中介打电话说自己临时有事，又发现自己既没带电话卡，也没带零钱，写着房屋公司电话号码的通讯录也放在钱包里了。当然，银行卡和信用卡也都在里面。

耳根深处仿佛听到“吱”的一声，全身都麻木了。一瞬间，有种想干脆放弃人生，直接瘫倒在街边一睡不起的冲动。不行，不行，我急忙摇摇头。

总之，回一趟自己家，可能钱包放在家里了。想一想，我所有的财产都在钱包里，要是不赶快找到，那可要出大事。

可是，怎么回去呢？我连一个十日元的硬币都没有。这个时候，厚着脸皮去找值班的交警借个车费怎么样？

不，还是不行，即便回到家，我也没有钥匙啊。那么……那么……钥匙不见的时候是该怎么办来着？是该去找房东吗？可是我不知道房东住在哪里啊。对了，我想起房东说过，如果钥匙掉了，他会免费来给我开门。可是，我的驾照什么的都在钱包里，没有东西能证明我的身份。啊，我的工作证也在钱包里。对这个根本无法证明身份的人，哪怕是可以赚钱的买卖，我想他也不可能干脆爽快地过来帮她把门开了。

想到这里，我全身无力地坐到路边的护栏上。

我觉得耳鸣声越来越大，缓缓地扭了扭脖子。“咔嚓”，我听到一声微弱的声响，像是名为“气力”的棒子被折断的声音。

///

“你怎么了？别到公司来，别来。”武史拖着厌烦的尾音说道。

“嗯。”

“嗯什么？你有什么事？”

“嗯。”

完全没了精神的我，还是突然想起武史的公司在我步行就可以到达的范围内，于是便拖着沉重的步子走了三十分钟来到这儿。我已经好几年没有走过十分钟以上的路程，更别说还穿着这七厘米高的高跟鞋。

前台的女孩子好奇心表露无疑，频频窥视我们这边。武史急忙把我拉到大厅角落里。

“至少先打电话通知一声后再来嘛。别这么突如其来地从前台叫我。”

“武史，不好意思。”

“能借我一千日元吗？”这句话刚到嘴边，他就插话道：“旁边大楼一层有一家咖啡馆，你在那里等我吧。我开会要一小时，开完后去找你。”

“可以吗？”

“你是不是有什么烦恼？没事儿，我洗耳恭听。”

“不好意思。啊，对了，不是想跟你复合之类的事情，你别担心。”

没等我说完，武史已经快步向电梯走去。我呆呆地目送他。

总之，暂时得救了，我稍稍放下心来。推开咖啡馆的门，这时正好是中午，店里挤满了人。刚找到一张空着的桌子坐下，精神抖擞的服务员就用响亮的声音问道：“能让她们跟你拼桌吗？”还没等我回话，两个女白领就边鞠躬边点头地坐下了。

拥挤的店内，大家都在用餐，我也禁不住诱惑点了一份午餐。毕竟我起床后就出门了，到现在还什么都没吃。武史多半会不高兴，但是算啦，我都已经给他添麻烦了，再多添一个，请求他一起原谅就是了。

在午餐时间的喧闹声中，我一个人吃着午餐。武史说他要开一小时的会，我便不慌不忙地咀嚼油炸食品和沙拉。吃完饭后，在我慢悠悠地喝咖啡期间，同桌的女白领起身离席。再喝上几杯水后，人们就像潮水般退去，店里变得空荡荡的。

孤零零地坐在窗边的我感到有些不舒服，于是向给我端来第四杯水的服务员点了一块蛋糕，并且又叫了一杯咖啡。

咖啡店里没有杂志和报纸，我便呆呆地望着窗外。这一带是商业区，路上走着的人基本上都是上班族。大家都有要忙的事情，走起路来步履匆匆。平日里我也是其中的一员，但丢了一个钱包后，便突然被从中抛了出来。

像这样只是坐着消磨时光的日子，不知道多久没有过了。总之，在武史出现之前，我是没法从这里离开的。

在百货店的内衣卖场工作的我，一周能休息两天的机会都很少，今天是我珍贵的休息日，所以安排非常多。首先，预定下个月要搬入的房屋需要我前去签约，再来要去看床等家具，晚上要去参加新兼职工作的面试，回来后还要清洗堆积的衣服和做大扫除，都是为搬家做准备。我根本没有闲工夫在这里吃蛋糕。

可是，我居然犯这种白痴错误。我喜欢的爱马仕钱包是去夏威夷的时候硬着头皮买的。对了，说起来，是跟武史一起去的夏威夷。

武史是我以前的男友，大约交往了三年，半年前分手了。虽说交往，可是一个月才见一两次面，糟的时候三个月才能见一次，电话也两周才打来一回。像这样什么激情也没有，到底是恋人，还是只是睡同一张床的朋友而已，自己都不清楚。拖拖拉拉地过着日子让人感觉空虚，于是我半年前提出了分手。

想到这里，我放下了咖啡杯。我马上就要和新的恋人同居了，不能再想着已经分手的男人了。

我的新男友略比我年幼。跟武史不同，他每天都打电话来，每周会来看我三四次。武史是个吝啬鬼，又爱唠叨，我不管做什么他都吹毛求疵。可是新男友不同，我的衣服、我的发型，连我口红的颜色他都会一一赞美。

当新男友说想跟我一直睡在一起，建议我和他一起搬进能放双人床的房间时，我非常高兴。他跟那个好不容易来一趟却说两个人一起睡睡不安稳的武史完全不一样。

吃完了蛋糕，喝光了咖啡，再要了一杯水后，我开始不安起来。武史明明说了一小时后就来，现在已经过了两个多小时了。

我本想给他打电话，可是没有电话簿，我也不知道他的电话号码。最重要的是，我既无零钱，也无电话卡。而且，即便是我找店里的人借了电话，也查到了他公司的电话号码，给他打了电话，多半也只能听到他不耐烦的声音。

我也想过给别的朋友打电话，但同事们这时候多半都在享受自己的假期，其他的朋友也都在各自的公司里工作。我不想给他们添麻烦，也不想让自己这副窘迫的样子被女朋友们看到。

又过了一小时，我在咖啡馆的椅子上已经坐得筋疲力尽。武史还是没有来。三点后，从文化中心来了太太团，店里一下子热闹起来。我趁着服务员忙碌的时候，装作上厕所的样子不动声色地出了门。奇怪的是，我既不紧张，也不觉得过意不去。似乎我生而为人的重要的东西都变得麻木了。

我目光呆滞地走出门后，沿着道路慢吞吞地挪步。坐完霸王车，紧接着又吃霸王餐啊？就这样一直走到派出所去，在那儿被关起来恐怕就轻松了吧？

真的没有了回到咖啡馆自首的力气，我便在小小的公园的座椅上精神恍惚地坐着。看到自己的膝盖映照在黄昏中，公园里迎来了成群的无家可归的人，我才起身离开。

即便回到家也没有钥匙。虽然知道，我还是想先回到自己家门前，然后冷静下来想该怎么办。

我一边走一边想着在最近的车站找交警借钱坐车，就看到了抵押店。对了，我想起学生时代的男朋友在没钱用的时候就把电视机或收音机拿到抵押店去。于是，我把正好戴在手上的香奈儿手表当了。得到的钱比我预想的要少得多，但手上总算是有现金了。

不知为何，我非常高兴。有了钱就可以坐电车了，可以回家了，肚子饿了还可以买面包。

终于有了点儿精神的我，在电车中开始思考接下来的对策。仔细想来，出门时我有没有锁门都已经记不太清楚。跟房东联系之前，还是回一趟家吧。

天已经黑了。我边想边赶路，在拐弯的地方停住了。我二楼的房间居然亮着灯。

除我以外，只有男朋友有钥匙。今天他明明说了要打工不能来，难道是计划有变？

我急忙跑上台阶，打开自己房间的门。门口有一双男式皮鞋。我的男朋友是不会穿皮鞋的，那这双皮鞋是……正想到这里，只见一个人慢慢地伸出头来——果然是武史。

“你怎么这么慢？”衣冠楚楚的武史靠着墙壁看着我。

“你是怎么进来的？”

“门没锁。”

“所以你觉得你就可以随便进来了吗？”

“我好不容易来看你，怎么等你都不回来，而且在咖啡馆也没见着人。”

“什么啊，我一直在咖啡馆。”

“嗯。我问咖啡馆的人，他们说你没埋单就走了，我就帮你把钱付了。喂，你一个成年人了，做这种事情不害臊吗？”

我一点儿还嘴的力气都没有了，疲惫地将浅口高跟鞋脱下。

“你说的困难是什么？”武史天真地问道。

“已经没事了，谢谢。不好意思，你能不能赶紧离开？”

武史双手插在口袋中，一副吃惊的表情。“什么？我是担心你才来看你的。”

“所以，谢谢啦。但是现在已经没事了。”

“是不是有男人要来？”

被他像开玩笑一般地这么说，我把手提包一股脑儿扔到地上。

“对，对，如果我的新男朋友来了的话，可就麻烦了。所以，请你赶紧离开。”

武史嘟嘟嘴：“你所说的烦恼，就是那个男人的事情？”

“才不是呢。”

“那么，你找他不就得了。为什么还跑来找我？”

他的语气听起来并不是在赌气，而只是单纯地把自己的疑问说出来而已。可是，我无言以对。

“你们交往得不顺利吗？”

“很顺利，下个月我就要从这里搬出去跟他一起住了，今天也应该是去签新房合约的日子。”

“应该？”

“好了，行了，你回去吧。”

“那人是个正经人吗？”

“跟武史你没有关系吧？”

我瘫坐在地上，低下了头。

弄丢了钱包这种事情不能跟新男友讲。在那个男孩面前，我总是一副成熟女人的形象，这次这种没脑的事情实在难以向他启齿。而且，我感觉我一旦向他呼救，他会撒腿就跑。

那个男孩是我在 KTV 打工时遇到的自由职业者。他是一个没有像样的工作，却喜欢名牌包和吃奢侈大餐的无可救药的人。说跟我一起住，但押金、礼金、搬家费等都由我付，之后的房租多半也是由我出。虽然他说伙食费由他付，但别忘了，这话可是出自一个钱包都不带就进出饭店的男孩之口，根本不能相信。

即便如此，我还是希望他待在我身边。我希望他能一直在我身边，跟我含情脉脉地对视，跟我一起欢笑，跟我手牵着手。希望从他人嘴里听到“你好有气质”“你真是个美女”“我喜欢你”“我爱你”这样的话，即便是从这个什么都不会，只是像一只可爱的宠物一样的男孩嘴里。

“你这个人就是好面子，我有点儿担心你。”站在我身后的武史说道，“明明只是一般的收入水平，却偏偏要买昂贵的手表、名牌衣服。你买那钱包花的钱比里面装的钱还要多上十倍吧？”

对，我跟那个无可救药的男孩没有区别，穿着天鹅绒的衬衫住在六平方米的旧木屋里。即便如此，还把最后的存款拿来支付跟自己身份不相称的高档房屋的房租，由此不得不晚上多打一份工。

“那我就回去了，你别多想了。”

身后，武史穿上了外衣。随即就听到门被打开的声音。

我到底该怎么办才好？如果找不到钱包，今天早上打车的钱、武史替我向咖啡馆付的钱，以及下个月的房租和每个月需要还的信用卡的钱，还有明天的伙食费要怎么办？离发工资也还有一些时日。

我干脆抛弃恋人、抛弃工资，什么都抛弃了回老家去吧。然后住在自己家里，在附近的超市之类的地方找份工作，老老实实地还房贷。

想到这里，我的心情出奇地放松。对，把一切都当成玩笑，按下重启键，重新来过。

“喂。”本来关上了的门又一次被打开，传来了武史的声音。我疲惫地转过头一看，大吃一惊。

啊，对了，出门前送邮件的人来过，我接邮件时顺手把钱包放在那里了。

“别放在这种地方哟，不安全。哇，这么多钱呢。”随便打开人家钱包的武史大声地叫了出来。我轻轻地捋了捋头发，要按重启键的那只手停在了半空。我也不知道该喜还是该忧。

我轻轻地捋了捋头发，
要按重启键的那只手停在了半空。
我也不知道该喜还是该忧。

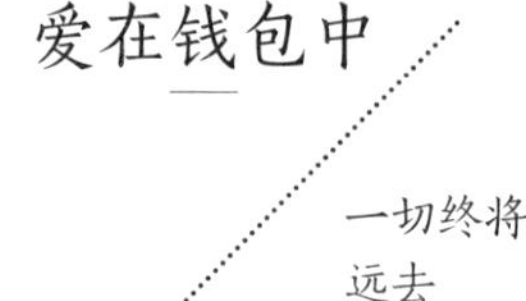

甜甜圈戒指

吃到第四个的时候，环状的甜甜圈里居然掉出来一张卷起的小小的纸片。我打开一看，上面画着一个小小的爱心。

我的“喜欢”这种自私的感情，

倾诉给这个刚从痛苦的深渊里爬出来的少女，又能怎么样？

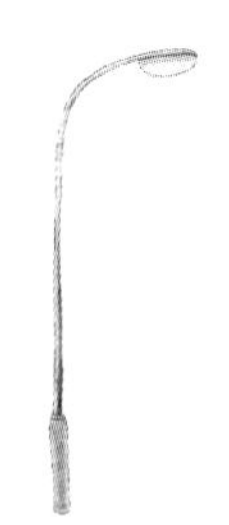

突然有一天，我发现结婚戒指摘不下来了。

细细的铂金戒指嵌在我那像奶油面包一样的手指上，闪闪发光。我突然心血来潮，想试着把它摘下来，却发现怎么摘它都纹丝不动。

结婚十五年，我的体重增了十五公斤。如果我想把这枚戒指摘下来，恐怕只有让时光倒流，或者瘦下十五公斤来才行。不过，在我看来，这两者都是不可能的。

“啊，真的，我的也摘不下来。”

周末，吃完早午餐后，不经意地向老婆谈到戒指这个话题。她也试着把戒指摘下来，果不其然，她很轻易地就放弃了。与她的初次相遇是在十六年前。坐在相亲席位上的她虽谈不上漂亮，但也是皮肤光滑、身材苗条的女性。从那以后，肯定胖了二十公斤有余吧。

我牵起坐在饭桌对面的老婆的手，仔细地看了又看。在那像棉花糖一般的手指根部藏着银色的戒指。手指和戒指居然还都完好无损，简直不可思议。

“你的血流得到指尖吗？”

“真没礼貌，我可不希望你这么说我。”

“我的戒指至少还能转一转，你的恐怕连动都动不了了吧？”

老婆冒火了，一下子把手抽了回去。这时，坐在电视机前打游戏的儿子转过身来。

“刚才你们牵手了，对吧？”儿子阴阳怪气地说，“真恶心，原来爸爸妈妈你们有一腿呀！”

那当然，要不然我们怎么能把你生出来？我真想跟他这么说，但跟个二年级的小学生较真有什么用？我便一声不响地把莓大福点心给吃了。这时，趴在地毯上翻看漫画的女儿急了。

“消防署可以帮你摘掉。”

“啊？消防署？”老婆回了一声。

“对，我听说这种摘不掉的戒指，到消防署去的话，消防署的人可以帮你切掉。”

“你怎么知道这个？”

“我以前在哪儿读到过。”

女儿上小学五年级，最近突然开始发表一些像大人一样的言论。她的外表看起来比实际年龄要小，可能是因为她又矮又胖的缘故吧。不光是女儿，儿子也是。要是在以前那个年代，他们那种体形恐怕要被当作“健康优良宝宝”来公开表彰。说白了，我们家四口人都是不相上下的胖子。而且，“大家有没有觉得我们还是瘦点儿好”这种话，谁都没说过。

安逸的周日午后，老婆和孩子们都幸福地大口大口吃着莓大福。我把吃了一半的莓大福拿在手里看了看，心想还是别吃了吧。但是要把吃了一半的东西扔掉，我的心里又不舒服。明天开始控制自己少吃点儿甜食吧，我在心里暗暗发誓，喝完茶站起身来。

“我出去一下。”

埋头看报的老婆头也不抬，轻声应和了一声“哦”。

“爸爸，你去哪儿呀？”儿子转过身来，敷衍地问了一句。

“消防署。”我嘀咕一声便走出家门。

///

这两年，周末我都是在地铁后面的咖啡馆里度过的。并不是因为店里气氛好，也不是因为它家的咖啡特别好喝，而只是因为这家店位于难找的后街地段，加上光线阴暗，所以周日人也很少，非常安静。

我就职于一家小型杂志社，主要工作是编写企划书等，另外也在熟人的杂志上写一些简单的书评和专栏文章。因此，周末也不得不读书、写文章。并非跟家人的关系不好，而是在小小的房间里，听着老婆和孩子们大笑的声音和电子游戏机的声音，心里免不了有些急躁。

于是，我每周日到这家咖啡店工作，顺便偷得半日闲。可能是因为我的副业填补了家用，又或者是老公不在家更好，对于这件事，老婆从来没有怨言。只不过儿子和女儿偶尔会闹着让我带他们出去玩。

想到这里，我觉得自己作为一名父亲，可能是有些失职的。不过，这份副业成了我不用管家里的事儿的借口，我甚至萌生感激之意。

我们一家四口一起外出其实是一件非常令人尴尬的事情。女儿跟我长得一模一样，儿子又跟老婆是一个模子刻出来的。而且，四个人都胖得圆鼓鼓的。不知道是什么时候，跟女子高中的两个女生擦肩而过时，她们在背后窃窃私语道：“你看到刚才那家人了吗？”然后爆笑了一番。我真想跑过去狂骂她们一顿，可她们之所以要笑的原因我也明白，只好作罢。

///

“欢迎光临。”

推开破旧的房门，我听到了打工女孩响亮的声音。从这个春天开始，周日里值得期待的东西又增加了一样——这个声音。端着水杯的女孩正向我走来。

“今天天气真好啊。”

“是啊，走过来就感觉热了。”

“那您要点个冰激凌吗？”

“嗯，好啊。”

她微笑着点点头，随即到前台点单去了。还是第一次看到穿半袖的她，我边想边在靠墙的座位上坐下。她从白色 polo 衫里露出来的手臂像百奇饼干棒一样细。

我今天有一样急切想要给她的东西。想着不能打扰她工作，于是就等着店里没人后再给。

我拿出还没读完的书，埋头读了起来。贴贴标签，做做笔记，两小时很快就过去了。突然我回过神来，抬起头时，店里只有两三个客人了。

打工的女孩趴在前台跟店里的师傅小声地聊着什么。我偷窥着她笑嘻嘻的侧脸。师傅叫她“小艾”，她的名字里多半含了个“艾”字吧。从她剪短的头发下面露出的双耳看来，她年纪尚小，但是嘴唇和下颌又带着些性感，看起来有些像大人了，十七岁左右吧。总之她很瘦。最近媒体不是在大肆宣扬以前那个女演员得了厌食症吗，她就跟那个女演员差不多瘦。真是无法想象，她跟我老婆竟然都属于人类。

结婚后第十五年，突然想要将戒指摘掉，不用说就是因为她。当然我并不梦想着跟她怎么样。首先是我们之间有年龄的差距，再来，我从前就不受女性欢迎，所以即便是跟她在同一年龄段，我可能也不会采取什么积极的行动，顶多就是随便聊聊天。现在我能做的事情，就是装装单身，可惜我这满身的细胞不允许。

可能是感觉到了我的视线，她突然朝这边看过来。从嘴型上看，她好像在说：“热的吗？”我的脸一下子红了，僵硬地点了点头。我把散放在桌上的笔记本和书收拾好后，她端着卡布奇诺过来了。我总是会再点一杯卡布奇诺，最近不用我说，她自己都会给我端来。

“今天我有件礼物想送给小艾你。”我边说边在包里翻来翻去。

“礼物？送给我的吗？”

我把包在茶色信封里的书递给了她。她拿在手上，好像在猜测里面装着什么，凝视了许久。

“难道……”她小声地说，我点点头。笑容像一朵刚才还含苞待放的樱花突然啪地一下在她脸上绽放开来，她急忙打开信封，拿出书。

昭和初期只活跃过五年左右的作家的处女作。如果更有名一点儿，文学价值更高一点儿，可能更容易找到。但是，这个作家虽拥有过小部分狂热的粉丝，如今却在历史的冲刷中被抹去。他的书在二手书店和图书馆都不容易找到。

“真是太谢谢你了。”

“我有个关系好的朋友在神田开二手书店，我拜托过他看到这本书一定要联系我。这本比起你的来要破旧些，还请你多原谅哟。”

“说什么原谅呀！”她嘟着嘴摇摇头，又突然激动地对我说，“我把钱付给您，多少钱？”

两万五千日元。可是，我自然不想收她的钱。

“没事，就当我送你的。”

“可是，这样的话，我会过意不去的。”

“那等你飞黄腾达了再给我吧。五年之后我去找你要。”

她思索了片刻。我傻傻地看着她。真可爱啊，那瞬息万变的神情让我着迷。

“这本书贵到我现在支付不起的程度了吗？”

突然被她这么一问，我不知该怎么回答。

“没有，没有……那这样吧，你跟我约会一次就行。”

迫不得已之下，我竟然把真心话给抖了出来。她像只小松鼠一般愣愣地看着我。糟了，她恐怕要把我当成好色老头儿来鄙视了。

可是，她把那本书抱在胸前，嫣然一笑，说：“好的，跟我约会吧。我一直想去一回神田二手书店来着，请你给我做导游。”

我以为是梦，没想到不是。

///

事情的开端要追溯到两个月前，她刚到店里打工的第一天。

我为了撰写“名不见经传的昭和作家”这个专题，把那个拥有小众狂热粉丝的作家的书拿到店里来读。全部读完以后，就这样放在桌上，去了一趟厕所。回来后就发现今天刚来的打工女孩在桌子前抽抽搭搭地哭。

我还以为发生了什么事情，原来是她在上咖喱的时候绊了一跤摔倒了，一盘咖喱全部打翻在书上。

人非圣贤，孰能无过？而且把重要的书放在桌子上就离开的我也有不对，所以我并不想责备这个惹人怜爱的打工女孩。可是，说实话，我很困扰。这本书不管怎么找都找不到，这是策划此专题的出版社的人从某个大作家那里借来的。

我都被店里师傅持续不断的道歉给弄得不好意思了，不知该怎么好，勉强作笑时，她擦干泪水说道："我家可能也有同样的书，我现在回去给您取。"

我吃了一惊，半信半疑。连我都不知道的书，这个高中女生居然知道，这就已经让我吃惊了，她还说有这本书，更是在我的意料之外。

她急急忙忙地跑了出去。难道她是这个作家的孙女之类的？我心里打着鼓，等她回来。大概三十分钟后，她跟从店里跑出去时一样，又跑了回来，手里拿着跟被染上咖喱色和咖喱味的书一模一样的一本书。

"我的父亲是大学的国学教授。"她把书递给还在惊讶的我，有些自豪地说道。可能是一路跑来的缘故，她的脸颊微微泛红。

"可是，你跟你父亲说了吗？"

"没关系，我已经跟他说好了，请您收下。这次真是对不起您了。"说着她深深地低下头。我拿过书，真有些不好意思。但不管怎么说，我也是借的别人的，不得不还。

日后我才从店里师傅那里听说，虽然那时她没说，但其实她的父亲在三年前就已经去世了。具体情况我无从得知，不过这肯定是她父亲的遗物。因此，后来只要有时间，我就会去二手书店和二手市场寻找这本书。

///

约会的日子到了。

“啊？我已经二十岁了哟。”

我和她面对面坐着喝咖啡。不是一贯的那家咖啡店，而是神田二手书街道里的一家咖啡店。

第二周的周六下午，我按照约定带她从郊外的街道换乘，来到了神田。一提到二手书店，她只会想到商业街角落里卖便宜的被丢弃的书和漫画的地方，因此这里对她来说似乎有一种异国情调。

她眯着眼睛，视线缓缓地扫过书架，看到褪色的画册便决意买下。她还依依不舍地看着另一本外国人拍摄的大正时代的日本相片集，我说就当作纪念吧，便帮她付了钱。她开始时还推辞，后来便恭敬地向我鞠躬道谢。

我们走累了，找了一家咖啡店，聊了很久的天。她的名字叫鲇美。当大学教授的父亲去世以后，她便决心将父亲的藏书从头到尾读个遍。那本被沾上咖喱的书正是她最近在读而且深受感动的书。她还问了我的工作。我大致说明一番后，她目光炯炯地说将来一定也要做这样的工作。

我问她中学的事情，她嘟嘟嘴，告诉我她已经二十岁了。

“真的？不好意思，我还以为你铁定是高中生呢。”

“没什么，我自己也这样感觉呢。身材还是平板一张。”她开玩笑地盯着自己的胸部，笑了笑，“不过，前不久我还真的是高中生呢。”

我端着咖啡杯的手停在空中。“咦？真的吗？”

“是的，我生病休学了。我也想过再也不上学了。”

这种时候，我不知道该以什么样的表情去倾听她的话。不禁责备自己，都这把年纪了，还像个小孩子。

“父亲突然去世，母亲由此一蹶不振，我也因为之前发生的许多事情患上了厌食症，到前不久整个人都还心力交瘁呢。”她说着，脸颊有些泛红，“不过，妈妈已经精神了许多。虽然花了不少时间，但我也总算高中毕业了，现在还能打工，也还能像现在这样到这么远的地方来买东西。我现在感觉非常开心。”

“原来如此。”我轻声说道。

“之前发生的许多事情……”她的这句话，还有她作为女儿不时说出来的“妈妈”这个称呼，让我不知道该说些什么。

明明我是个年纪比她大上几轮的成年人。

///

回去的时候，我们从途中的 JR[1] 车站转乘出租车。她口口声声说不要紧，但看脸色，分明已经疲惫不堪。我说送她回家，她突然就默不作声了，点了点头。

那之后我们一直没有说话。从见面开始就说个不停的她现在紧紧地闭着嘴，看着窗外。我若开口，不知道自己会说错什么话，只好一言不发。

车不知什么时候开到了家附近。听到她跟司机说明回家的路，我才发现原来她就住在离我家步行不到二十分钟的地方。

“您结婚了吧？”她突然这样问道。我的心扑通扑通地跳。

“戒指。”她小声说。我默不作声，看着那枚都快掩埋在脂肪里的银色戒指。

“您戴在右手上，我还在想是不是我误会了呢。”

我只是点头。其实，我是左撇子。结婚时第一次戴戒指这个

1. 即 Japan Railways，日本铁路公司，是日本的大型铁路公司集团。

东西，总觉得用惯了的手上有枚戒指很别扭，于是戴在了右手的无名指上。随后就一直这样任凭岁月在手指间流淌。

她又一次沉默了，我也一声不吭。

如果……如果我是单身的话，我在心里想。可是，我紧紧地咬住双唇，将这“如果”的设想给制止了。我的“喜欢”这种自私的感情，倾诉给这个刚从痛苦的深渊里爬出来的少女，又能怎么样?

像她之前说明的那样，车开过天桥，在十字路口拐两个弯，就看到了显眼的家庭餐馆招牌。

“这个……是谢礼。您若不嫌弃的话，请跟家里人一起吃吧。”她在手提袋里翻出一个纸袋，然后递给我。车停了，车门打开。

“今天我很开心，谢谢您。”

她彬彬有礼地说完便下了车。我僵硬地笑着点头。车门关闭，车开始向前行驶时，我看到站在街边挥手作别的她，短短的裙子随风摇摆。

我告诉司机回家的方向后，打开那满是甜甜圈香味的纸袋，拿出其中一个。

好像是手工做的，甜甜圈看起来有些不美观。我数了数，一共有六个。出租车在公寓前面停了下来。我付了钱下车，呆呆地站在原地。

我从纸袋里拿出甜甜圈，放进嘴里。那放了很多砂糖的甜甜圈，对爱吃甜食的我来说，简直是人间美味。接着，我吃了第二个、第三个。

吃到第四个的时候，环状的甜甜圈里居然掉出来一张卷起的小小的纸片。我打开一看，上面画着一个小小的爱心。我把这个也放进口中，剩下的甜甜圈也全部塞进嘴里，大口大口地咀嚼。然后，我在街边的自动贩卖机上买了乌龙茶，把刚吃的东西都冲到胃里去。我感到胸膛痛苦不堪，同时一阵眩晕。

为什么？为什么年轻的时候没能多谈几次恋爱呢？说什么自己不受欢迎，把这个当作借口，在感情上把自己欺骗至今。如果我当时能够坦诚地向自己喜欢的人告白，现在应该能变得更成熟，也能以更好的方式去爱自己心仪的女孩。

我走进公寓，坐上电梯。走到自己家门前，像往常一样按响门铃，随即传来吧嗒吧嗒的脚步声。来为我开门的是儿子。

"爸爸，你回来啦。"

屋子里弥漫着巧克力的味道。

"今天妈妈和姐姐做了巧克力蛋糕哟。我们给你留了，你吃吗？"

我慢慢地脱下鞋。老婆和女儿站在厨房里放声欢笑。

“我吃。”我坚定地说道。

明天是周日。可是，我多半不会再去那家咖啡店了。我能做到的事情只有一件——珍惜眼前拥有的一切。

“明天大家一起去什么地方玩吧？”我大声提议道。大家都吃了一惊，回头看我。

“我们早上就出发。先把便当准备好哦。”

“你在神气什么呀？”老婆笑道。女儿举起手说她想去迪士尼乐园。儿子也举起手来，说想吃烧烤自助餐。

我吃了他们为我准备的晚餐，也吃了他们给我切的一大块巧克力蛋糕。为了不让这枚戒指再度松脱，再痛苦我也要吃得一干二净。

为什么？为什么年轻的时候没能多谈几次恋爱呢？
说什么自己不受欢迎，把这个当作借口，
在感情上把自己欺骗至今。

甜甜圈戒指

一切终将
远去

地鼠

报纸下面是被地鼠妈妈吃掉一半，已经腐烂了的三只地鼠宝宝的尸体。

对于不被人表扬就感觉不充实的人生，我们要给她否定掉。

“这十六年多亏你们照顾了。”丢下这句话，妹妹就离开了家。

那时，妈妈打工还没有回来，家里只有我在。所以当妹妹穿着学校制服，双手和背上都满是行李，眼睛哭得又红又肿地离家出走时，没有任何人阻止。不，哪怕妈妈在家，我也不知道她会不会阻止。

妹妹离开后，家里一片空旷，鸦雀无声。虽然我本应该去厨房角落里收拾一些东西，但是我现在没那个心情，便想着找看了一半的《怪医黑杰克》继续看，不过好像被妹妹拿走了，我怎么也找不到。无可奈何之下，我舒服地躺在榻榻米上，抽起烟来。打开电视时，已经过了综艺节目的时间，在重播古装剧，我便看起古装剧来。

“我回来了。我买了蟹肉可乐饼回家哟，蟹肉可乐饼哟。”

妈妈边说边走进屋来。左手上的行李咚的一声放在地上，右手把抱在怀里的小雏像抛球一般地递给我，我赶紧接过小雏。妈妈窥探着我的脸问道：“怎么哭了？”

“我在看《大冈越前》这个电视剧。”

“这么感动啊。”

“嗯，果然坏蛋也有坏蛋的悲伤啊。”

“是啊。店长也不是个大坏蛋。像蟹肉可乐饼一样，想吸引人的注意这一点很可爱嘛。你帮我淘米了吗？”

“啊，还没有。”

“那你把小雏的尿布换了吧。”

妈妈脱掉衣服便向厨房走去。我把闹腾着的小雏平放在榻榻米上，打开她的尿布。我早料到会很臭，没想到居然还是臭气熏天的大便。

我一边唱着“大便，大便，小雏的大便是好大便”，一边帮她擦屁股。这时，我听到妈妈在厨房里呼唤我的名字。

“怎么了？”

“啊，它们怎么都死了啊？”妈妈说。

“嗯，是啊。”

换好尿布后，小雏便高高兴兴啪嗒啪嗒地朝玩具堆走去。看着她一个人玩起来后，我站起身来，走进厨房。穿着长衬裙淘米的妈妈停下手中的活儿对我说："地鼠一家死了啊。"

"嗯，所以美纪离家出走了。"

"离家出走？对了，她不是去修学旅行了吗？"

"刚才回来后，看到地鼠一家全部死了的画面，她就边哭边拿着衣服、教科书还有我的《怪医黑杰克》出走了。"

"哎呀。"

"要去找她吗？"

"不用了。无论是谁，都会有那么一两次离家出走的经历，就当是某种形式的休假好了。来，我们把蟹肉可乐饼分了吧。"

妈妈轻松地说完，便把淘好的米倒进电饭煲里，按下按键。一身白色装束的身影从我鼻尖挤过，朝冰箱走去。果然是有种十八岁就离家出走然后立刻生下我的女人。天大的事情，她也丝毫不为所动。

"地鼠怎么办呢？"

牛奶的包装也不拆，妈妈就喝了起来，边喝边看了我一眼。"你问我？还能怎么办？你拿去埋了吧。你知道的，我对动物的尸体最没辙的。"

我心不甘情不愿地答应了。

///

我们住在只有两个房间的屋子里，但因为是在农村，所以还有一个大的庭院。不过谁也没有打理，所以庭院像丛林一般，荒木杂草丛生。

由于没有铲子，我便从厨房里拿着吃咖喱用的勺子走进了丛林。我随便找了一棵自己觉得合适的树，蹲下身来，用勺子挖土。

如果挖浅了的话，尸体怕被野猫刨出来，所以我一边跟杂草根和蚯蚓做斗争，一边使劲地挖。挖到中途勺子弯了，我便用手继续挖。长大以后，基本没再碰触过土壤，指甲嵌进泥土的感觉让我怀念。

挖到能放进整个排球大小的洞后，我就把地鼠的笼子拿来。自己蹲在土坑前，打开笼子的锁，把包裹在碎报纸中的地鼠尸体拿出来。最大的一只是地鼠妈妈，它身上的毛发还跟活着的时候没有两样，呈淡茶色，很漂亮。但是用手一摸，它的身体已经硬邦邦的了，着实让我觉得毛骨悚然。

把地鼠妈妈放进坑里后，我用弯曲的勺子掀开报纸，到处都沾着的黑点是凝固了的血的痕迹吧。报纸下面是被地鼠妈妈吃掉一半，已经腐烂了的三只地鼠宝宝的尸体。我直打哆嗦，连忙用勺子把这些惨死的小地鼠捞起来，偏着头，迅速把尸体扔进坑里。地鼠爸爸蜷缩在笼子一角，也变得硬邦邦的了。我用手指尖把它夹起来，扔进了坑里。应该有四只小地鼠，可是有一只怎么也找不到，不知道是从鼠笼的缝隙里溜走了，还是被地鼠妈妈全部给吞了，连头都没剩。

我用土把坑填上，然后用穿着凉鞋的脚在上面踩了又踩，最后把旁边的大石头挪过来放在上面，埋地鼠的工作就大功告成了。在外面的水龙头下洗完手后，我便坐在户外连廊上稍作休息。

地鼠是我从朋友那里拿来的。朋友说她放着不管，它们就越生越多，要我拿几只回来。我看这些地鼠甚是可爱，便随便选了两只。哪知道这两只正好一公一母，眨眼间就交配繁殖。每次我都把新生的地鼠宝宝送给亲朋好友，可是经历几次小生命的诞生后，我也觉得厌烦了，最后便放任不管。

照顾地鼠的任务主要由妹妹负责。妹妹说我老是忘记给它们喂食，而且也不打扫它们的笼子，弄得很臭，便积极扛起了照顾地鼠的担子。可是后来，她去参加修学旅行，我便彻彻底底地把地鼠的事情给忘了，导致饥饿至极的它们骨肉相残，笼子里俨然成了一幅活生生的地狱图。

“简直不敢相信！”妹妹边哭边愤怒地瞪着我，“姐姐根本没有养宠物的资格，发生这种事情居然都能够无动于衷！姐姐你根本不是人！”她这样指责我，“我受不了了。”她扔下这句话便离家出走了。

对着夜色渐浓的天空，我吐了口烟。地鼠虽然可爱，但是每天给它们喂食是一件麻烦的事情。而且它们就只是可爱，又不能干活，也不跟人亲近。

虽然可怜，但是少了一样麻烦的东西，我倒是觉得松了口气。

///

那之后的三天风平浪静。

当妈妈用从打工的肉店里偷来的牛肉做火锅时，电话铃声响了。

“请问您是美纪的妈妈吗？”是年轻女性的声音。

“不，我是她姐姐，美纪不在家。我现在正在吃火锅，所以先……”

我正打算说完就挂电话，可是对方急忙说：“我是美纪同学的班主任，免贵姓樽崎。其实，我这次给您打电话是想就美纪的事情与您商谈一下……”

“哦。”

“美纪现在住在同班同学野村的家里，她说她不想回家。”

我不时朝妈妈的方向看去，她正把小雏抱在膝盖上，一边看电视，一边大口吃肉。

“我想您可能会很担心。野村同学的母亲也说了，暂时寄宿在她家里也没有问题……喂，喂，请问您在听吗？”

“嗯，我在听。”

“不过也不能一直这样下去。明天能不能劳烦您来学校一趟呢？总之，我想就美纪的事情跟您商量一下。”

“请您稍等。”

我按下静音键，对妈妈说：“妈妈，美纪的班主任打来的电话。”

妈妈头也不转，还是盯着电视，举起拿着筷子的右手。

“老师让你明天到学校去一趟。”

妈妈这才缓缓地朝我这边转过头来。然后，心不甘情不愿地站起身，从我手中接过电话。

我赶紧回到火锅前，把刚才没吃到的那份给补上，夹起大片大片的肉送进嘴里。小雏坐在榻榻米上，呆呆地望着我。背后传来妈妈像普通母亲一样的应答：“哎呀，哎呀，真是给您添麻烦了。”

我用筷子夹起肉，一股脑儿塞进小雏嘴里。小雏双眼瞪得圆圆的，哇哇哇地大声哭了出来。原来是肉太烫了。

“对不起，对不起。”我笑着抱起小雏。

///

第二天，妈妈果然逃了。

我像往常一样过了中午才醒来，一起床就发现了桌子上的留言条。

“对付学校的老师我最不在行了。不好意思，今天下午四点请你去一趟美纪的学校。”留言条旁边还放了一万日元的钞票。

我本料到会这样，并不觉得吃惊。随即给打工的地方打去电话，说美纪发烧了，今天我要请假。

“又来了？”影像出租店的老板娘满腹牢骚。“又来了？”这句话应该是我说。妈妈总是像这样把麻烦的事情推给我做。

不过，不用去打工，而且还有一万日元拿，我便高高兴兴地给哲也——我的男友打电话。他的手机关机了，但我有事情要跟他说，于是发短信约他晚上一起吃饭。

我脱下睡衣，洗了个澡，热了热昨天没吃完的火锅，加点儿饭就吃了。肉还剩下一片，我高兴极了。为了我，妈妈特地留下的。

///

美纪就读的学校是我曾经也上过的县立高中。

每当有什么事情，她总会说："姐姐是倒数第一，可我是第一名。"但既然我们都进了同一所学校，我不认为我们大脑里装的东西在本质上能有多大差别。

的确，我刚进高中就没了干劲。初中的时候，我还是个孩子，还能勉勉强强地跟着朋友们用功读书。可是上高中后被人搭讪，交了年长的男朋友后，上课时脑袋里就全想着和男朋友约会，什么时候是安全期、什么时候是危险期这些事情了。化学式和英语单词什么的都记不住了。不过，成绩并不像美纪说的那样是倒数第一，可能是中等偏下的位置。我很能够抓住要领，考试之前就拍成绩好的同学的马屁，做尽了投机取巧之事。

突然有一天，感觉每天去学校念自己不想念的书是一件很奇怪的事情，便中途退学了。妈妈也没有特别反对。从那以后，我就随便打点儿零工，混着日子。

我的父亲是妈妈最初的同居对象，据说在一次摩托车之类的事故中，没两三下就死了。美纪和丢人的孩子小雏——妈妈这么叫她——是同一个男人的孩子。妈妈一直跟这个男人搞婚外恋。偶尔美纪不在家的时候——美纪非常讨厌这个男人，他一来她就要翻脸——这个男人会到家里来。不过是个普普通通的温和的大叔，但是在妈妈眼里，似乎是日本第一的好男人。

虽然数目不大，但是这个男人每个月都会寄一笔钱过来，妈妈和我也勉强算是有工作的，加上我们是单亲母子家庭，小雏的托儿所费用也非常便宜，美纪也很争气，在麦当劳之类的地方勤劳地做着临时工，所以我们家的经济状况还算一直稳定地保持在低水平这个线上。

暌违多年，我又一次踏上通往母校的坡道，穿过校门。我没有走学生出入的电梯口，而是朝教职工和来宾专用的入口走去。想起自己中途退学时，也不是走的学生出入口，而是从这里走出去的。说起来，在那之后，已经过了十年了啊。

我换上绿色的拖鞋，在来宾接待处报上了自己的名字。接待处的人让我去二楼的学生指导室，我便顺着铺着油毡布的台阶往楼上走去。

学生指导室是一间有普通教室三分之一大的房间，里面只放着桌子和椅子，像警察局的审查室一般。退学的时候，我就被软禁在这里过好几次。

我一敲门就听见里面传来“请进”的应答声。我慢慢地拉开房门，看见桌子前面坐着穿着制服的美纪和一位女性，好像是美纪的班主任。这个人随即站起身来。

“您是她的姐姐吗？您母亲今天是……”

“妈妈有点儿事情……”

听我这么吞吞吐吐地回答，美纪哧哧地笑。

“老师，我跟你说了吧，那家伙不可能来的。”

班主任似乎很苦恼，双眉紧蹙。我则毫不在乎地在美纪面前坐了下来，环视整间屋子。真让人怀念。墙上的时钟和窗帘褪色的程度，就连写有附近荞麦面店名称的日历都没有变。

“姐姐，你明明要来学校，还穿着这么一身邋遢的衣服，你什么意思啊？”

被美纪这么一说，我低头看了看自己的服装。牛仔裤是刚洗过的，头发也梳理好了，还擦了口红。她是看不惯我这件居酒屋送的印有“一番榨”字样的 T 恤吗？

班主任对着我说了一通关于家庭环境、个人的心情，还有未成年之类的事情。我随便附和两句，其实一直在看她化着精致妆容的脸和那颜色鲜艳的套装。肯定跟我差不多年纪吧，这么年轻就从事这么辛苦的工作，她也怪可怜的呀，我迷迷糊糊地这样想着。

“老师，请让我和姐姐单独待一会儿。”

美纪这么一说，我才从空想中回过神来。女老师故作和蔼可亲，说：“嗯，当然可以。”边说边走出了房间。

只剩下我们两个人，美纪也沉默不语。夕阳把房间染成一片红色。我盯着美纪白色的毛衣和编得整整齐齐的辫子看。远处传来金属球棒挥打棒球的声音和人们的欢呼声。

"啊，对了。"我突然想起一件事，便探身向前。

"什么？"

"你把《怪医黑杰克》拿走了吧？我还没看完呢。"

美纪狠狠地瞪了我一眼。明白我只会把她惹得更火之后，我赶紧乖乖地闭上了嘴。

"我已经受够了。"她把头往旁边一转，咬牙切齿地说道。

"哦？"

"总之，我受够了。我本来想等毕业之后再说，但是已经到忍耐的极限了。"

"啊，是吗？"我咕哝着。

"那个狭窄的房间，你们这些人的笑声，小雏的口水和鼻涕、脱皮后干巴巴的脸，还有你们开着电视不关，不被人家催就不会交房租，这些事情通通糟透了。"

我一言不发，只管点头。我要是顶嘴，只会让她更激动吧。这样的事情都是家常便饭了。

"母亲也是的，都一把年纪了还生个孩子出来。正常人的话，知道生活本来就很苦了，想做的时候会想到避孕吧。想做的时候，不管三七二十一就'交配'，扑簌簌地生下一大堆孩子，跟地鼠有什么两样。根本不是人干得出来的事情。"

把自己的母亲说到这种地步。

“跟你们这些人混在一起，我脑袋都会出问题的。明明有婴儿在，还毫不忌讳地抽烟，半夜里孩子哭得哇哇叫也置之不理，自己呼呼睡大觉。小雏好可怜。我总有一天会领养她的。”

我把手伸到鼻子下方挠挠痒。

“虽然我也知道给别人添麻烦不好，但是我已经决定高中毕业之前都寄宿在野村家里，麻烦他们照顾。之后我会申请奖学金去东京的大学读书，等正式就业后挣钱来还给野村家。妈妈和姐姐以后跟我一点儿关系都没有。”美纪说得很干脆。

“什么嘛，你都已经决定好了。”我耸耸肩。

“明白了吗？”

“明白了，我会转告妈妈的。”

“好，就这样。”

“辛苦你了。”

我和美纪一同站起身来。美纪抢先迈开步伐，打开房门，走了出去。我望着这个穿着白色毛衣的背影飞快地消失在楼道里。

///

“兰子。”

听到有人叫我名字，我循声回头。正是我刚脱下拖鞋，正伸脚要穿凉鞋的时候。

“啊，木户先生。”

“哎哟，最近好吗？今天怎么到学校来了？”

“没什么，只是为了点儿妹妹的事情。”

木户先生是我退学时的年级主任。对于这个没什么特别理由就说要退学的学生，班主任拼命地挽留，但是只有这个老师干脆地说：“想退就退吧。”

“你的妹妹发生了什么事情吗？她可是全年级第三名哟。”

“嗯，那反而更糟糕。”

老师用手在他那比当年还要秃的脑袋上摸了摸，放声大笑。

“不过是兰子你的妹妹嘛，肯定也不可能是一个一般的孩子。”

“托您的福。”

“你读书那个时候的老师恐怕就只剩下我了。”

“他们都辞职了吗？”

“都是些笨蛋，跟你不一样。调配、升迁、贬职，唉，各种情况都有。”

“老师你呢？”

“我？我一直都是普普通通的，所以就一直都这样咯，没有变化。还是当主任，成不了校长。不过，这样也没关系，我也没想要出人头地。”

我笑着点了点头。对，我进高中以后，考试成绩总是四十五分。尽管如此，也没觉得有什么不妥。像给美纪所谓的“别人”添麻烦这样的事情，我应该没做过，也没有惹别人生过气。不过，这些都无关紧要。

美纪说将来要领养小雏，这一点我坚决反对。美纪肯定会要求小雏去争取九十五分这样的成绩。我和妈妈的话，哪怕有个四十五分都会笑着表扬她。对于不被人表扬就感觉不充实的人生，我们要给她否定掉。

///

回家之前，我顺道去了哲也打工的老虎游戏机店。

哲也告诉我他今天上早班，马上就下班了，让我等他，我便在店前面蹲着吸烟。店主看到我后，给了我一瓶养乐多。

哲也带了一个上周才进店工作的男孩，于是我们三人一起进了烤肉店。这个职业学校的黄头发男生一直夸我是美女，我高兴极了，直往他的杯子里添酒。

“你今天不喝吗？”哲也突然注意到这件事。

“嗯，我呀，好像……怀孕了。”

“啊？”哲也看着我的脸，“我的孩子吗？”

“是的。”

哲也吃惊地往后仰头，新来的男生也惊讶得合不拢嘴。

“我去打掉吗？”我把烤肉翻了个面问道。哲也咔嚓一声扭了一下脖子。

“生下来吧，好不容易怀上的。”

“真的？”

“不过，我的房子才四张半榻榻米那么大。三个人一起住的话，很拥挤啊。”

“如果你愿意的话，到我家来吧。”

“可以吗？”

“我觉得我妈应该不会介意。啊，对了，正好我妹妹刚离家出走，被子也有空余的。另外还有一个宝宝在。大家一起不是更热闹了吗？”

“好，那就这么定了。”

我们就这么轻而易举地做出了决定。新来的小男生惊得直眨眼。“烟还是戒了为好。”哲也说完把我叼在嘴里的烟给拿走了。

“是吗？”

“酒可能比烟好点儿，我觉得。”

“那好，喝酒。”

我又伸手点了一瓶啤酒。

喝得醉醺醺的时候，我视线的一端仿佛出现了一只茶色的小东西，从我面前一溜烟地横蹿了过去。我想，可能就是那只唯一逃出去了的幸存地鼠吧。

喝得醉醺醺的时候，我视线的一端仿佛出现了一只茶色的小东西，从我面前一溜烟地横蹿了过去。

我想，可能就是那只唯一逃出去了的幸存地鼠吧。

地鼠

一切终将远去

一切终将远去

本以为握在手中的一切，最终全部从手心滑落。

对于生活缺乏戏剧性的平凡无奇的我而言，

那一天真是奇特的一天。

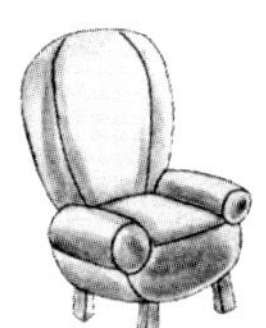

我好像未曾有过跟熟人在大街上不期而遇的经历。之前曾在当地车站附近跟邻居擦肩而过，也曾在公司附近跟客户打过照面，但这些都是必然，不算偶然。

但是，在一个人漫长的生命中，总应该有那么一两次偶然发生吧？对于生活缺乏戏剧性的平凡无奇的我而言，那一天真是奇特的一天。

“这不是小暖吗？”

一天下午，在百货商场中，我突然听到有人叫自己的名字。现在已经没有人这么叫我了。我大吃一惊，转身一看，映入眼帘的是一位穿着鲜艳的草木印染和服的女性。这个人欢呼雀跃地说："啊，果然是小暖。"

"难道是绘美？"

我还没回过神来，口中却已蹦出一个熟悉的名字。她瞪大的眼睛也随之放松，微微点头。

天哪！不会吧？我们齐声大叫，拉起对方的手。可能是我们的声音过于高亢，附近的店员都一脸吃惊地回头张望。

"小暖你没变啊，我一眼就认出来了。"

绘美的脸上洋溢着灿烂的笑容，同时紧紧地握着我的手。

"绘美才一点儿没变呢。现在你住在哪里呀？"

"跟以前一样啊，还住在老家。小暖你呢？"

"我刚搬家不久。啊，离这里挺近的，所以才过来买些需要的东西。"

"真厉害啊，住在这么靠近市中心的地方。"

"不过是间很狭小的屋子罢了。你打扮得这么漂亮，这是要去哪儿呀？"

"不是，我认识的人在这里的展览会场办插花展，我来捧场。不是这种时候，好不容易买的和服还没用武之地呢。"

"这颜色真漂亮啊。"

"谢谢，是个便宜货。小暖你真苗条啊，看起来真洋气。耳环也很搭。"

“耳环啊，我最近才打的耳洞。”

“是吗？最近才打的？发生什么事情了吗？”

“说有也有，说没有也没有。”

我们一口气聊到这里才注意到人们的视线。店员们正一脸无语地看着我们。

我们俩都羞红了脸，赶紧手牵着手离开了百货商场的卖场。两人一起踏上电梯的瞬间，忍不住大声地笑了出来，擦肩而过的人们个个都回头张望。

///

我们来到顶层的食堂。这个老牌商场的食堂我来过好几次，虽然价格不太亲民，但是比较安静，氛围也很悠闲。

进店之后发现跟以前比起来有些变化，感觉桌子和桌子之间的距离变窄了，不过像酒店餐厅一样的氛围还是没变。我们点了一杯宇治金时[1]，一同缅怀往事。

“多少年不见了啊，居然还能这样偶遇。”

绘美坐在桌子对面，手很有气质地放在胸口，笑了笑。

---

1. 宇治金时是一种冰品的通称，以日式抹茶加砂糖及水煮成绿茶糖浆，淋在刨冰上，旁边加上以砂糖熬煮的红豆，制成色彩分明的甜品。

“是啊。你现在还住在那栋房子里吗？”

“没有了，我们家房子占地不是挺宽的吗，我们把它改建成了公寓，自己就住在其中一层，所以地址和电话号码都跟以前一样。”

“真厉害呢。”

“这有什么厉害的？附近新建了楼房，我们怎么也找不到租房子的人。又是降低房租，又是点头哈腰的，辛苦得哟。我们的房贷也还要还好些日子。”

“是吗？我……已经好久没有去过那边了。”

“来玩吧。从房间里能清楚地看到小学。校舍虽然变了，但是二宫金次郎[1]还立在那里呢。”

“啊？真的吗？”

我和她出生在很近的地方，从小一起在江户川旁边泛着河水味的平民区里长大。在中学的时候我们都上的同一所学校，可是，我家搬到离车站两个站以外的地方之后，我便转学了。

在那之后，我们也写过信，放暑假的时候还一起去上野看过电影。

---

1. 二宫金次郎出生于江户时代末年相模的农家，相当于现在的神奈川县。从小努力念书，但因家里贫困，他不得不一边打工，一边读书。他从事农村复兴运动，是很有名的农政家、思想家。在日本，几乎所有的小学里都有金次郎的石像，他是大家学习的楷模，被称为学习之神。

我们都是比较恬淡的性格，所以尽管关系好，但可能因为没有到甜如蜜的程度，友谊一直平平淡淡细水长流着。不过，随着从学校毕业开始工作，各自的生活比重增加，渐渐地就疏远了。但记忆中还是参加了彼此的婚礼，生孩子的时候只写信告知，贺礼到头来也只能通过邮件送去。

最后看到她的时候，是在我患肝炎迅速去世的父亲的葬礼上。那以后通过几次电话，到现在连贺年卡片也不寄了。

我们一边吃着跟往日一样的玻璃杯里的宇治金时，一边聊着共同的朋友们的话题。因为她一直住在老家，所以对同学们的情况非常了解。现在谁在做什么，谁结了婚、谁没有，谁去了外国，她每说一个，我就像傻瓜一样发出惊叹的声音。

“你老公和圭介君还好吗？”

被她突然这么一问，我握着汤勺的手停在半空。

“嗯，他们很好。圭介任性极了，现在说话跟个大人似的。绘美呢？啊，对了，你的父母呢？”

“他们精神好得你都不敢相信。照我看，活三百多岁都不成问题。”

我被她的说话方式逗笑了。说笑一阵后，服务员端来了甜点和海带茶。这个披着茶色长发的女服务员粗鲁地把茶杯放在桌上时，还把杯盘弄出了响声。

我和绘美都耷拉着眉毛苦笑。

她双手捧起茶杯，安静地啜饮起来。然后，她露出有些犹豫的神情，抬起头问道："小暖，你还记得成井君吗？"

这突如其来的名字让我一时没反应过来。

"嗯？"

"跟我们一起上中学的那个孩子。"

"那个糖果店家的孩子吗？成井恭一君？"

"对，对，你还记得很清楚嘛。"

我一边抓起跟茶水一起送来的点心，一边认真地打量她的脸。为什么突然提起这个人的名字？成井君、绘美和我是中学一年级时的同班同学。不过，我不记得当时他们之间的关系有多亲密。

"为什么说起他？你和成井君关系很好吗？"我尽量让自己的问题听起来不惹人讨厌，特地用了很坦诚的语调问道。

"也并非特别好。只是小暖你转校之后，我和他才开始熟起来的。"

"你们好像两三年都在同一个班级，对吧？"

"也不是。"

怎么听不出她话中的要点？她到底想对我说什么？

"你们交往过吗？"我开门见山地问道。反正都是陈年往事了，胡乱推敲也没用。我一问，她便轻轻地点了点头。

“其实是这样的，上初中的时候我们还只是普通朋友。成井君之后不是去了男子高中吗？好像是高中三年级的时候吧，在车站偶遇之后，就不知不觉地……”

她好像有些害羞地用手理了理头发。

“开始工作后又交往了两年左右吧。那时候我该说是纯情呢还是没长大呢，一直坚信可以和成井君结婚呢。”

“哦？”

“那时候，我还是第一次跟男人一起去旅行呢。”

我不禁咳了出来。我拿起膝盖上的手绢掩在嘴边，大声地咳了出来。连自己都被自己的反应吓呆了。

“你没事吧？”她惶恐不安地探过身来问道，“喝点儿水吧？拿点儿药来？”

“没关系，好像是呛了口水。”

我边笑边用手指拭去眼角的泪水。笑意跟咳嗽一起涌上心头，停不下来。她非常疑惑地看着颤抖着双肩笑个不停的我。

“小暖？”

“啊，不行了。太可笑了，笑死我了！”

“怎么了？我说了什么奇怪的事情吗？”

“绘美，你心脏承受能力还行吗？”

“怎么这么问？我身体一直都挺好的……现在每周都会游三次泳，每次游一千米呢。”

“啊？你骗人吧？”

“我以前可是游泳队的啊。话说回来，你到底在笑什么啊？”

我拿起水杯，一口气喝完柠檬汽水，轻吐一口气后说：“我也和成井君交往过。”

“啊？”

“也是从十七岁到二十二岁，一直交往着。”

她看着我的目光已经有些呆滞。“小暖，你是在跟我开玩笑吗？”

“真的。到刚才为止，我都以为他一直在跟我一个人交往。成井君的爷爷在那须有幢别墅，对吧？他向父母谎称带女性朋友去玩，也带你去玩过，对吧？说是别墅，不过就是名字好听而已，其实是个破破烂烂的山中小屋。”

她的嘴微微地一张一合，好像说不出话来了。“我们……好像被他一脚踏两船了呢。”

“不敢相信，太令人吃惊了……”

“我才吃惊呢。”她突然啪地拍了一下桌子，“什么嘛，原来是这样。我和小暖在同一时期把处女之身献给了同一个人。”

献处女之身，这样的说法随着时代的演变，现在听起来觉得十分可笑。

“好像的确如此。”

“成井这个王八蛋。”“王八蛋”这个词的词尾她特地拉长了音调，“那家伙还跟我谈过结婚的事情。”

“他也这样跟我谈过。”

“最终却说自己决定相亲结婚了，就这样逃跑了。”

“他也是这样跟我说的。”

“他是真的相亲结婚了吗？还是撒了个谎？”

“这我也不知道啊。”

“给他打个电话吧。”她干脆地一说，便在手提袋里找出手机来。

“绘美，你有手机了吗？”我吃惊地问道。

“是啊，这个很方便嘛。”

“可是，你知道成井君的联络方式吗？”

“说出来都不好意思，成井君的电话号码我都还记得，肯定一辈子都忘不掉。”

也就是说，对于她来说，那是这般意义重大的恋爱，同时也是这般痛苦的经历吧。

“成井君家的糖果店还没变，成井君即便不住在那儿，他家的什么人也肯定还在。”

她干脆利落地说完后就拿起手机。对此，我满眼的敬佩之情。她从来都是如此。从她女性的外表上，你根本看不出她有这般行动力。

“啊，是成井君家吗？我是恭一先生中学时期的同班同学，我叫津田。啊，哦，是这样啊。”

我心惊胆战地盯着她涂着玫瑰色口红的嘴唇。她将手机贴在耳朵上，一边应答，一边朝我看过来，脸色渐变。

“真是太失礼了，请您节哀顺变。”说完她挂掉了电话。我目瞪口呆。

“成井君他……已经死了。”她叹了口气说。

“为……为什么？”

“他女儿接的电话。说是去年得胃癌去世的。”

“胃癌。”我重复了一遍这个词。

“什么嘛，我还想找他理论来着。”

“这年纪……死得太早了。”

我们都有些泄气，低着头，一时半会儿谁都没有说话。

“就这样，怀念的人一个个都不在了。”她一边把手机放进手提袋，一边说道。

“是啊，我们都六十岁了呀。”

“花甲之年哪。要是下个月女儿送我红色的棉坎肩可怎么办哪？”

“都什么时代了，没人送那种东西了。”

“我那时候收到一件红色的喀什米尔的羊绒衣。不知道怎么的，那个红色就是不喜欢呀，说不出来原因。”绘美眉头紧蹙地说道。

///

兴致完全被浇灭的我们决定换个地方再喝杯咖啡，于是起身，在收银台付完账刚走出店时，绘美突然问我：“你去爬过东京塔吗？”

东京塔。我停下脚步。听到这个词的一瞬间，往昔的记忆全部涌上心头。我感觉有些眩晕，不禁“啊”的一声，轻轻地叫了出来。

“如果不是绘美你提到，我可能这辈子都想不起来。我没有去过。”

“我也没有。”

“以前跟成井君约好要一起去的。”

“我也是。可是，那之后再无下文了。不知不觉地，再没有了机会。我的孩子们在学校远足旅行的时候好像去过，但我住在东京，也就没有想起过要特意去爬东京塔。”

我们各自的心意说到这里就不言而喻了。今天没有特别的事情，即便有，也许也会推脱掉吧。我们赶紧乘上出租车，向东京塔进发。我有一种感觉，如果错过今天这个机会的话，可能就再也去不了了。

学校大概已经放暑假了。东京塔的售票处有好多带着孩子前来的父母。雀跃兴奋的我们几乎是推开他们一般，挤上了通往展望台的电梯。

徐徐上升的电梯停下，电梯门打开，我和绘美哇哇叫着朝窗边跑去，饱览那高楼大厦组成的街景。投入零钱，用望远镜看风景，看够以后，还做了充满怀旧风情的纪念徽章。

尽情地兴奋一番后，疲惫的我们买了冰激凌，在长椅上坐下来。眼前的大玻璃窗外是被夕阳染红了的东京的天空。

“没我们想象的高啊。”绘美的双唇被冰激凌染白。

“是啊，反而是夕阳比较有魄力。”

“我上次跟孙子爬上过市政府的高楼，那里也很漂亮。”

我们一边慵懒地闲聊，一边舔着冰激凌。

这座铁塔搭建之时，我们正和同一个男人谈着恋爱。坐在通勤的电车里，看着那一天比一天高的钢筋铁塔，在心里兴奋地想：“啊，等它建好之后就可以跟成井君去约会了。”可是他从我的眼前消失了。我哭了又哭，却束手无策，不能在父母眼前哭泣，于是只能在夜里一个人哭泣；又不能因为失恋这件小事就辞职，所以仍然咬牙每天坚持去公司上班。

再也无法从这样的痛苦中逃离出来了吧，我曾经这样绝望地想。可是，眨眼之间，我又站了起来，跟公司里的同事结了婚。

“成井君是怎么想的啊？”她说着，哧哧地笑了。

“糖果店的少爷，性格开朗。可是家里好像发生过很多复杂的事情，内心其实很寂寞吧。”

“是啊。成井君的爸爸据说换过三次太太。”

如果没有发生今天这些事情，我恐怕到死都不会记起他那张侧脸。即便在笑，也有莫名的忧郁存在。我想，当年那个年轻的我就是被这样的特质所吸引了。

“现在又多了一个去那个世界的期待了。”

我们晃动着疲惫的双脚。

“是啊。不过，还早着呢。”

“是啊。我的父母都快九十岁了还玩门球，还去参加老人协会的旅游，精神得让人不敢相信呢。”

说到这里，她手提袋里的手机响了起来。她急忙拿起手机，笑着应答道：“好，好，天黑之前一定回去。”

她挂掉电话，害羞地笑着说："是我的孙子。"

///

约定以后要经常见面，我们便挥手作别了。

的确是有些累了，我打了辆车，回到了刚搬入的新家。对周边地理位置都还没概念的我，没想到竟然这么快就抵达了公寓，着实吃了一惊。

我乘电梯到六楼，拿出钥匙开门。沉淀的热气一股脑儿向我涌来。

我没有开空调，而是打开了窗户。往窗台下面看去，大都会的街道已经陆续亮起了灯。我缓缓地回头，环视自己的新家。

小小的一室一厅的房间。我刚刚在这里开始一个人的生活。

一直以来，我只想过平凡的一生，事实上也是如此。办公室恋爱后结婚，按照那时的惯例，结婚后就离职，当了家庭主妇。随后生了儿子，一直在郊外小小的房子里生活。因为只有一个孩子，儿子上学后就闲来无事。于是，我认真地玩弄起以前喜欢的针线活儿。后来在铁道客运大厦的一家手工艺品店里打工，慢慢地还收起了学生。我一直在那里打工，十年、二十年，我转到手工艺品店的本部，开始协助策划和设计方面的工作。这份工作到现在都还持续着。

跟丈夫没有什么特别的问题，没有发生过激烈的争吵，说起来算得上感情融洽的夫妻。可是，对丈夫的感情也在漫长的岁月中一点儿一点儿地消耗殆尽。

丈夫去年退休后，在自己的出生地信州买了一块土地，决定移居到那里。可是，我怎么也起不了去那里的念头。并非是讨厌跟丈夫一起生活，只是我怎么也不觉得丈夫去了，我就理所当然地要跟随他去。我想做的就是想出编织的新样式，跟朋友见面，跟他们一起看电影、看戏剧，想吃好吃的就去吃，想读多少书就读多少，睡到自然醒。

我把这样的想法如实地告诉了丈夫，他既没生气，也没叹气，好像我所说的一切都在他的意料之中，临走前他把这个自己工作用的公寓让给了我。

“偶尔过来找我玩。”说完他便离开了东京。我们并非离婚，名分、户籍之类的东西早已无关紧要。

儿子已经结婚，换工作后住在别的地方。虽然我一个人住让他有些不放心，但我又不是老态龙钟的老人，我还可以工作，一个人什么都能做。

一切都会远去的啊，我望着这间属于自己一个人的小房间这样想道。本以为握在手中的一切，最终全部从手心滑落。

那些本以为会永远持续下去的东西，无论是初次痛彻心肺的失恋，还是曾经幸福的新婚时期、生儿育女、丈夫夜不归宿的孤独夜晚、在郊外的家中悠闲度过的平淡日子，全都成了过去。

啪的一声，房间里突然一片光明。我吃了一惊，赶紧向窗外望去，看到满满一天空的花海。

我赶紧跑向阳台。亮晶晶的火花飞舞着，随即便被夜空吸走。哪里放出的烟花啊？

“晚上好。”

我听见一个女人响亮的声音。转头一看，住在隔壁的年轻女孩手持一瓶啤酒，笑嘻嘻地看着我。

“晚上好。今天有烟花大会吗？”

“嗯，好像是球场那边放的。”

“哇，真漂亮啊。”

这时，夜空中又一朵烟花绽放了，我和女孩一同欢呼起来，隔着阳台的我们相视而笑。

失去一样，得到一样。就这样，每一天照样到来。幸福、绝望都失去，渐渐地连“失去”这件事都被遗忘。只是随风飘荡，飘向那意想不到的美丽彼岸。

失去一样，得到一样。就这样，每一天照样到来。
幸福、绝望都失去，渐渐地连『失去』这件事都被遗忘。
只是随风飘荡，飘向那意想不到的美丽彼岸。

布满荆棘的时尚之路

我不觉得她傻，也不觉得别的什么，就觉得她生机勃勃。

她是一个性格开朗、通情达理、为人慷慨、

亲切温柔、比以前更加漂亮的二十五岁女人。

表姐小鹤是个爱打扮的人。

这位比我年长七岁的漂亮姐姐从小就是我心中的偶像。虽然只在正月里或者亲戚的红白喜事上见过她，但她身材修长笔直，而且总是一身时尚的打扮，脸上还挂着温和笑容，站在一群吵闹的大妈大婶等亲戚之中，简直就是名副其实的“鹤”立鸡群。

小鹤经常把她的旧衣服送给我。虽然说是旧衣服，但每一件看上去几乎都跟新的一模一样。她总会附上写着“如果不介意的话，请收下”的字条，大堆大堆地装在纸箱里寄给我。对于农村初中生的我来说，这些装满了奇装异服的箱子就像是百宝箱一般。

没想到从今年春天开始，我和这个小鹤姐姐住在了一起。

当我考上东京的大学，正四处寻找房子的时候，小鹤偶然听到这个消息，便邀请我跟她一起住。

说心里话，我感到非常吃惊，而且也犹豫了许久。好不容易从吵闹的父母身边解放出来一个人住，而且即便是我喜欢的亲戚姐姐，但毕竟没有亲密地交往过，对我来说也不过是个外人。再来，她还比我大七岁。如果是我去拜托她，这话还说得过去。常年一个人住的她到底为什么会提出这样的邀请呢？我对此感到疑惑。

她该不会是一个非常寂寞的人，万一被她紧紧地黏上了该怎么办？或者，要是她逼我又做扫除，又洗衣服，把我当保姆一般地使唤，我该怎么办？

不过，我也没能找到拒绝她的理由，一直拖到后来，被本来反对我去东京的父母知道后，他们就把这件事情给答应了下来，好像这样做他们就能放心了似的。

四个月的同居生活很快就过去了。

小鹤既不是寂寞的人，也不是爱使唤别人的人。她是一个性格开朗、通情达理、为人慷慨、亲切温柔、比以前更加漂亮的二十五岁女人。如果非要指出问题来的话，那就是她太“爱打扮”了。

///

“我没有赴会的衣服。”

清晨，厨房饭桌边，还穿着内衣的小鹤耷拉着脑袋，一副垂头丧气的样子。这光景我已经见怪不怪了，所以也不搭理她，继续煎蛋。

“怎么办？安奈，我没有穿的衣服。”

“我不是常说吗？那边堆得像山一般的，可全部是你的衣服哟。”

用三个鸡蛋做成的鸡蛋饼被我分成两份盛在盘子里，放到她面前，她却盯着盘子，一滴眼泪滑落了下来。

“姐姐，这是严重到要哭的事情吗？”受够了的我这样问道。

她擤擤鼻涕说：“因为今天晚上有宴会。”

“那又怎么了？”

“听说其他店的店员和本部的男同事们都要来，大家要一起吃烤肉。”

不知道她想说什么，我只是默不作声地涂了块面包吃起来。

“吃烤肉的话，会留下味道，油什么的也会乱溅，所以我打算穿夏天打折时买的那条祖卡[1]棉质连衣裙，可是没想到那个烤肉店还是跪坐式的。”

“跪坐式的又怎么啦？”

“因为那条连衣裙是超短裙啊，如果是跪坐式的，穿裙子就该穿 A 字裙，不然不是痛苦死了吗？”

“哦，这样啊。”我嘀咕一声，同时迅速将早餐塞进嘴里。我特地给她做的蛋包饭她一口都不沾。

“可是，如果穿玛格丽特·霍威尔[2]的A字裙，上面不搭娜卡琦[3]的上衣的话就很奇怪。白色的毛衣又不能穿去烧烤店。那件摩根[4]的黑色衬衫上次喝酒的时候我已经穿过了，我也不想把刚买的普拉达[5]的裙子的首次亮相安排在烧烤店里。啊，我真是不知道该穿什么去了。”

喝完咖啡，我立刻起身，穿着吊带衫和三角裤的小鹤像个孩子似的，抽抽搭搭地哭了起来。

---

1. 祖卡（ZUCCA），日本时尚品牌，由设计师小野冢秋良创办。
2. 玛格丽特·霍威尔（Margaret Howell），英国品牌，由设计师玛格丽特·霍威尔于 1972 年创建。
3. 娜卡琦（Nara Camicie），来自米兰，以布料的舒适感和立体剪裁为其特色，白色蕾丝衬衫广受女白领们喜爱。
4. 摩根（Morgan），法国品牌，创立于 1947 年，该品牌服装充满时代感，强调女性化。
5. 普拉达（Prada），意大利奢侈品牌，由玛丽奥·普拉达于 1913 年在意大利米兰创建。

“安奈，你好冷漠哟。帮我想想办法吧。”

“穿牛仔裤去，牛仔裤！我去洗碗了。”

我说完就赶紧穿上鞋。玄关处小鹤的鞋多到鞋柜都放不下了，到处都是。前几年下台的南国大总统的夫人以她多得超乎想象的鞋子和衣物收藏让全世界目瞪口呆，不过人家至少有足够的空间，能把那些东西像艺术品一样摆放得井然有序。

而在这狭小的 2DK[1] 的屋子里，别说收纳了，到处都是她展示收藏品的地方。

即便衣服有如此之多，她仍旧总是把“找不到衣服穿”这句话挂在嘴边。

///

小鹤坚定地认为“人靠衣装”。

虽然小学的思想道德课上学的是不要以貌取人，不过现在看来，这不过是一句嘴上说的漂亮话。

当我环视我打工的那家综合商社宽敞的办公室时，我在心里这样想着。我被招到这里的信件收发室，负责邮件的收取、分

---

1. 两个房间加上可以放餐桌的厨房称为 2DK（2 室 +Dining Kitchen）。

类和发送。十五层楼的本部里有数不清的部门，部门里的邮件，从小的包裹到巨大的集装箱，各种各样，数量庞大。这工作比想象中需要动更多的脑筋，体力上也累人得多。

从今年春天开始的这份工作，原本是每周两次，现在由于正是暑假，除了周末以外，周一到周五每天都在干。

我在这里第一次看到被上司责骂的男人，也第一次看到女人像男人一样工作。对我说“辛苦了”的大叔总是笑眯眯的，看起来很亲切；把我当发邮件的机器一般指使的大叔根本不拿正眼瞧我。同一款式的西装，哪件昂贵、哪件便宜，我一眼就能看出来。即便同样昂贵，一本正经的衬衫和看起来玩世不恭的衬衫也是不一样的。不经打理的鞋子会很显眼。香水味浓郁的女人总是在人们的视野外补涂口红。

最初因为我是学生，而且这份工作非常容易弄脏衣服，所以我一直穿着牛仔裤和 T 恤衫干活。不过，突然有一天，信件收发室的大叔这样说：“虽然你只负责发送邮件，但这毕竟是接待客户的办公室，穿着这身衣服转来转去的不好。”

那会儿我有些生气。可是，我知道大叔并非是为了刁难我才这样说的，于是我穿上入学时妈妈买给我的毛衣和半身裙尝试了一段时间。不料，那个曾把我当发邮件的机器一般指使的大叔对我说话的方式都变了，眼睛也直视我了。

我终于意识到穿戴整齐并不是为了装点门面，而是标志，标志着你这个人是作为一个社会人在认真地工作。

我就是这样理解“人靠衣装”这句话的，不过小鹤所说的“衣装”好像又有一些不一样。

对她来说，服装即便满足 TPO[1] 的要求，只要款式是去年流行的，那就还是不穿为好。

不管什么时候，她都要紧跟潮流，然后凭借自己的时尚和那些落伍的人划清界限。

可是，由谁来评判时尚还是落伍呢？至少不是小鹤。也许这就是她哭泣的原因。

像这样冷冰冰地分析是我的坏习惯。

不管说得多好听，我就是置哭泣的表姐于不顾，这个事实没法改变。内疚感一点点刺痛我的心，驱使我白天来到了步行十分钟就能到达的她工作的地方。

那是服装厂家直销的杂货店，里面有文具、装饰品等。小鹤以前充分发挥自己喜欢打扮这个爱好，成了专卖店里的销售明星。后来因为觉得只能穿那一家店的衣服很无聊，便跳槽了。

“安奈，你来找我吗？”

---

1. 即时间（time）、地点（place）、场合（occasion）。

站在收银台后面的小鹤发现我后笑着说。我还以为她穿了什么来，结果只是一条麻布的长连衣裙。象牙色的底面上是细细的竖条纹。看起来很有夏天的感觉，跟小鹤盘起来的头发非常匹配，漂亮得让身为同性的我都不禁看得出了神。

“正好我也到休息时间了，一起出去吧。”

“啊，不过我已经吃过饭了。”

“没事，你陪陪我嘛。”

我半推半就，被拉到杂货店后面的小型儿童公园。坐在太阳晒不到的阴凉座椅上，她打开自带的午餐便当——一个像是从便利店买来的饭团。

“这点儿够吗？”我吃惊地问。

“是啊……”她把头一偏，“我又没有钱，只能从伙食上节约了。”

“没钱……不是刚发了工资吗？”

“今天是信用卡的扣款日，再加上又买了这身衣服。”她说着抓抓裙角。

“咦？这个是今天买的？”

“嗯，商场一开门我就去了，因为早就盯准目标了。麦丝玛拉[1]的，很漂亮吧？”

---

1. 麦丝玛拉（Max Mara），创立于 1951 年的意大利服装品牌。

的确很漂亮。不过，小鹤的店十点半开始营业，考虑到从商场走到店里的时间，她能在商场里待的时间顶多五分钟。她这么想买参加酒会所需的服装吗？哪怕中午只能吃一个饭团，也要买新的衣服？

小鹤在经济方面有困难这件事，跟她一起居住后，我很快就发现了。工作好像普普通通，花在衣服上的钱却多得惊人。还不单单是买衣服，每新买一件衣服，就想要跟这件衣服相配的鞋子，包包也想要，发型也想换，妆容也想换。

而且她买的衣服完全没有统一性。今天才穿着保守得像贵妇一般的衣服配上价格极其昂贵的手提包出门，明天就换成一件像摇滚乐队乐手穿的迷幻风格的衣服。而且每一种造型都有各自的流行元素，一旦这元素不流行了，紧跟时尚风潮的她就打死也不再穿那件衣服了。

跟我一起住，说白了就是因为快交不起房租了。如果要换一个房租更便宜、能收纳更多衣服的宽敞的房间，就必须搬到离市中心很远的地方去。她好像也不愿意这样做，便想出了找室友交一半房租这样的方式。顺便说一下，她让我搬进去之前，那间屋子里也塞满了衣服，现在那堆衣服小山被搬到了厨房的一个小角落。

“啊，夏天了啊，真热。”

吃完饭团后，她伸了个懒腰。大城市中央的公园，即便是在阴凉处也觉得闷热。可是，如果不像这样特地外出一下的话，一整天都待在空调房里，也会不舒服。在热的季节就感受热，流流汗，心情才会更好。

“想喝点儿冰的东西吗？”我指着近在眼前的自动贩卖机问道。

她立刻回答：“不用了，我没钱。”

看她这副可怜的样子，我便说：“这点儿钱我出。”

“真的吗？不好意思，安奈。那我去买。”

我把零钱递给她，她便像小孩子一般啪嗒啪嗒地跑去了。怎么感觉她更像是妹妹，我正想着，便看到自动贩卖机前面的她跟一位年轻女性聊了起来。

聊了两三句后，小鹤和那人都看了过来。那人笑了笑，冲我点点头。我急忙低下头。

“谁呀？”小鹤拿着饮料罐回来后，我问道。

“我们店里的人。”

“哦，这样啊。”

我感到有点儿意外。小鹤店里的人个个都穿得跟她不相上下，很讲究。可是刚才那个人穿着非常普通的裙子和白色的棉衬衣，所以我没有一下子反应过来是她店里的人。

“我不是说下周店里有女孩子要办婚礼吗？就是那个女孩子。”

“哦，就是她啊。”

小鹤就是琢磨着穿什么去参加这场婚礼，这一个月以来一直在我耳边叽叽喳喳。她说：“不是非常正式的宴会，所以并不太讲究，我穿得太正式也不好。可是要跟平时一样的话就没有新鲜感。大家都会精心打扮而来，我要成为其中最耀眼的。该穿什么才好呢？”为此她翻遍了杂志，跑遍了西武和伊势丹试穿，伤透了脑筋。

沉默半晌后，小鹤喝起了灌装咖啡。她看上去很没精神。

“安奈……”她轻声说，“‘安奈’这个名字真可爱。”

我吃了一惊，她这是想说什么？

“嗯，如果是更常见的名字就好了，我在名字上就差人家一截。”

“怎么会？安奈又可爱又会打扮。”

“啊，哪里会打扮了？你是不是讽刺我？”我不禁笑了出来。我平日里穿的衣服不过三种类型。

“很漂亮哟。你这身衣服和裤子搭配得很好，很合身，把安奈带点儿男孩子气的性格展现了出来。”

“你是在表扬我吗？”

“怎么才能穿得这么好呢？你从哪里学来的？你看哪本杂志？”

我以为她纯粹是开玩笑，可是她的表情一本正经。我惊得直眨眼。

“不，也没什么特别的。只是我没多少钱，所以买衣服的时候不得不非常认真地挑选……”

她语无伦次地说了几句，又叹了口气，说：“原来是这样。”小鹤沉默了，只听见夏天蝉的叫声非常响亮。很快就到该回公司的时间了，我从手提包里拿出小袋子，把口红和镜子一个个放在膝盖上，准备补妆。

“啊！”小鹤突然大声叫了起来。

“怎……怎么了？”

我大吃一惊，手一抖，口红都有点儿涂歪了。涂口红才四个月的我还达不到小鹤那样迅速涂得漂漂亮亮的境界。

“这个小袋子……这花纹我好像在哪里看到过。”

我拿出纸巾擦涂歪了的口红，点点头。这个几何学模样的夸张花纹的袋子是我亲手做的。

“这是用以前小鹤你送给我的衣服的布料做的。我要是穿起来，可能会显得很奇怪，所以就改成小袋子和坐垫套子了。”

“唉，我平生第一次买的……”

她看起来有点儿受打击，我急忙道歉：“对不起，让你不高兴了。”

“啊，没有啊。我在想居然还有这样的用法，真是佩服你呀，安奈。”

小鹤直直地盯着我，慢吞吞地试着问道：“安奈，你不是处女了吧？”

我手中的口红差点儿掉落下来。趁着这时，我“哈哈哈”大笑几声，把这个问题给敷衍了过去。

高中时就有恋人的我十七岁那年就有过经验了。后来上大学后也有过恋人。

我本想半开玩笑地回答几句，却发现小鹤一反常态地以一副非常认真的表情看着我。她那最流行的发型，那细腻得透明的皮肤，那细如鹅毛的眉毛，以及那润泽的嘴唇……正当我不禁感慨她真是美得醉人时，她说：“我……其实从没跟男人交往过。”

“啊？真的吗？”

“很奇怪吧？都这个年纪了。”小鹤扑哧一笑，眼帘就垂了下去。

看到小鹤一反往日的开朗又带着忧愁的侧脸，我紧张得心跳加速，不知道说什么好。

///

为了第二天的婚礼，小鹤绞尽脑汁，最后将手上所有的钱拿出来买了一件粉红色的香奈儿衬衫，毕恭毕敬地挂在衣架上。

那个电话打来的时候，小鹤正跟往常一样认认真真地看着NHK[1]天气预报。为了根据天气和温度制订第二天的穿衣计划，每天晚上的天气预报她是绝对不会错过的。能对衣服着迷到这种地步，我也只能说佩服了。

打电话来的是店里跟小鹤最要好的女孩。“小鹤在吗？”不知怎的，她的声音听起来很着急。

“怎么啦？”小鹤随意地问。接完电话后，刚才还一边看电视一边吃着饭后冰激凌的小鹤突然从我身边站了起来，泪流满面。

“怎……怎么了？发生了什么事？”我大吃一惊，问道。难道是谁遇到了什么意外？

小鹤抽抽搭搭地哭着，好像拼命地想说些什么，可是我只听到她从喉咙里发出的痛苦的喘气声。她也急了，便伸手指指挂在墙上的衬衫。

“那衬衫怎么了？”

我牵起她的手，让她坐在沙发上，感觉到这绝对不是一般的

1. 日本放送协会，日本第一家根据《放送法》而成立的大众传播机构。

事情。

“那个……同样的……小惠也……也……”

她说得断断续续的，我这才反应过来。“是不是一个叫小惠的女孩明天也穿同样的衣服参加婚礼？”

眼泪汪汪的小鹤用力地点点头。我叹了口气，虽然撞衫怪可惜的，但是也不用哭得这样要死要活的吧？小鹤又不是小孩子了。

“刚才玛丽打电话过来说，淳雄给小惠买了跟我一样的粉红色的香奈儿衬衫。那是我想要的东西，我跟淳雄说过……可是，他为什么跟那个土包子一样的女人结婚？”

小鹤像发泄一般，把心中的话吐了出来。我呆呆地看着她。

“等等，你说明天是谁要结婚？”

“小……惠。”

“是谁得到了香奈儿衬衫？”

“小惠。”

“明天是谁和谁结婚？”

“小惠和淳雄。”说到这里，小鹤哇的一声哭倒在床上。

不用再问也明白了。小鹤是喜欢淳雄的，这个淳雄却选择了既不比小鹤漂亮、又不比小鹤会打扮的小惠。

这可以说是寻常的失恋吧。可不知怎的，我为小鹤感到心痛。

香奈儿衬衫应该要花三十五万日元，所有的钱都是小鹤自己出的。节约伙食费，为了节约交通费，别说不打的，连巴士都省了，却从来没有问我借过一分钱。

“小鹤，你喜欢那个叫淳雄的人吧？”

她拼命地控制自己不要抽泣，冲我点头。

“你被他甩了？”

“没有。我想他可能连我喜欢他这件事都不知道。”

她这般像高中女生一样的发言让我大吃一惊。“你没跟他表白吗？”

“我怎么可能做得到！”她这斩钉截铁的回答又是让我一惊，“我这么难看。”

啊？我惊得目瞪口呆。在说什么呀这个人？

“眼睛是单眼皮，鼻子又圆圆的，长得这么丑。而且又不是什么工作都能干的女强人，又不怎么能做家务。书也从来没有从头到尾读完过。喜欢跟风，品位低俗，就只对打扮感兴趣，因此买了衣服很快就腻了，腻了就扔。像安奈和小惠这样有品位的人肯定不会这样做，对吧？我这样笨的女人怎么会有男人爱呢？”

我惊呆了，完全没有想到小鹤心中的自己是这副模样。

“小鹤你一点儿也不笨。”

“可是淳雄说我笨。”

“即便淳雄这么说，我也不这么认为。”

小鹤哭个不停，我用手抚摩她的背安抚她。她一直哭，到东边的天开始泛白才总算进入梦乡。

第二天小鹤发高烧，压根儿没去参加婚礼。她整整发了三天的烧，一周过去后才终于能去上班。

退烧后，小鹤像重生了一般，变得精神起来，还让我帮她收拾衣服，她要把衣服都拿到二手店去卖。

我劝她说失恋后自暴自弃在所难免，但是也不用这么极端。但她不听我劝，从朋友那里借来货车，把家里堆积如山的衣服全部塞进车里，搬到二手店去了。

就那件新买的香奈儿衬衫卖了个高价，其他的都没能卖到预想的价格。跟CD什么的不同，衣服只要穿过一次，就算再新，也算二手货。

我和小鹤去朋友家里归还货车，再从朋友家乘地铁回自己家。地铁车厢那黑乎乎的玻璃窗上倒映出小鹤苍白的脸庞。可能是因为瘦了，看起来比以前成熟。

“小鹤。”抓着吊环的我说。

“嗯？”

“我们去吃饭吧？”

“好啊，我现在也有钱了。”

“在这之前，我们去趟伊势丹吧？”

小鹤慢慢地朝我看来，比我高十厘米的她用秀丽的双眸看着我，那双眼睛温柔地笑眯了。

“那去吧。”

“我们去买点儿新的衣服。吃饭的话，就吃汉堡包吧。”

“是啊，秋装也上了。”

我跟小鹤在新宿三丁目出了地铁。看着佯装平静却有些欢喜的小鹤的背影，不知怎的，我兴奋起来。我不觉得她傻，也不觉得别的什么，就觉得她生机勃勃，比委屈自己卖乖讨好时好多了。我也偶尔上街买些有范儿的衣服穿吧，化妆的方法也让小鹤教教我。

地铁车厢那黑乎乎的玻璃窗上倒映出小鹤苍白的脸庞。可能是因为瘦了，看起来比以前成熟。

布满荆棘的时尚之路

——

一切终将远去

床伴

仿佛竭尽全力冲刺的四百米竞跑般，好苦涩好痛苦的爱；仿佛置身于两千米深海，好黑暗好沉重的爱。

跟真正喜欢的人，根本无法做爱。

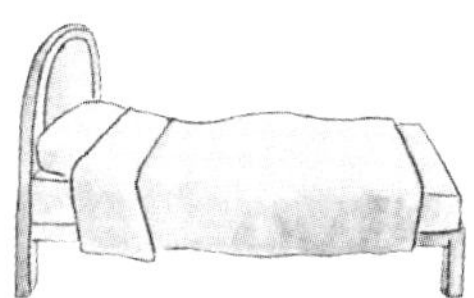

恋爱和结婚是两码事。即便结婚是恋爱的延长线，二者的区别也如同小孩游泳圈和救生艇一般。这个道理我年轻的时候就已经了解。

不过，直到最近我才知道原来性与爱也是两回事。这种事情没有任何一本书里会写，也从没有人教过我。

有多少人有炮友呢，我没有问过别人，因而无从得知。

不过，我想肯定不止我一个。大家都对这个话题绝口不提，恐怕是有理由的。不管怎样，这并不是什么值得自满的事情。也许正是因为无法曝光、无法跟人介绍，所以才是炮友吧。

激烈振动的按摩棒旋入我的身体，我喘息着，这样想道：跟真正喜欢的人，根本无法做爱。

身体上那个被称作“小穴”的洞口被异物插入，极乐之网因此紧绷到疯狂边缘，即便如此，我仍然恳求着“再来，再来”。

和相爱的人哪能做出这种事啊。不论谈的是多正经的话题，只要一想起那个时候彼此的蠢样，就什么都谈不下去了。

///

丑陋的我和丑陋的男人，我们的丑态映照在低档旅馆的镜子上。越写实，越丑恶，就越觉得这姿态可爱。我们毫不厌倦地持续重复着低级无码影片中的行为，换方式，换道具，换体位。

好爽，好痛，好恶心，好臭，快融化掉，痛苦不堪，好想吐，让人轻视，爽到要死，高潮不断，攀越巅峰，愉悦至极。

我勉强支撑起筋疲力尽的身体，到浴室冲洗身上黏答答的汗水和精液。随后，当我穿上衣服、整理头发时，那股虚脱无力感总会莫名地消失。随之而来的，是健康的空腹感。

“肚子饿了。”男人笑着说。我也笑着回答道：“那我们去找个地方吃点儿东西吧。”我们手挽着手走出旅馆大门，看到了居酒屋，那种跟丈夫一起绝对不会进的低档连锁居酒屋。在那地方用不太干净的杯子喝啤酒，吃用冷冻食品做的炸块儿，我感到很幸福。男人聊起公司里偷情男女的事情。不过是低俗的八卦新闻，可是我依然能微笑着倾听。啊，直到刚才我都在和这个男人做啊。我感慨万千。仿佛竭尽全力冲刺的四百米竞跑般，好苦涩好痛苦的爱；仿佛置身于两千米深海，好黑暗好沉重的爱。无论是他那有着奇怪花纹的领带，还是据说是在忘年会上抽奖得到的廉价手表，都把刚才那美妙的时刻变得让人心酸。

居酒屋的饭钱当然由我付。男人微微一笑，说："多谢款待。"

///

结婚和恋爱不是一回事。

我的初恋是高中时的同年级同学。从十八岁开始，交往了整整五年。虽然有些像孩子王般的牛脾气，却是个开朗又让人愉快的人。跟他在一起玩，我总是非常开心。一起疯闹，一起欢笑，不管黏在一起多久都不觉得无聊。可是，不知怎的，我从未有过跟他组成家庭的念头。

我从小就喜欢阅读外国的童话故事和世界文学全集，二十岁的时候立志成为翻译家。这个梦想能否实现我无从知晓，但感觉翻译家与需要天赋的小说家不同，只要多下功夫学习，多磨炼技巧，总能成的。我就是这种明确地定下自己的方向，然后一天天朝着目标前进的人。而与我不同，跟我交往了五年的他是一个不管做什么事情都漫无目的得过且过的人。可以说我也是喜欢他这点特质的，他有着神经质的我永远不会有的天真浪漫，还有那不带讽刺的真诚和善良，这些我都喜欢。可是，我肯定不能跟他一起生活。

我拒绝了他的求婚，感觉他似乎也很清楚会被我拒绝。大家都刚踏入社会，在拼命适应新生活，从此便没再见面。可能一辈子都不会再见了吧。可是，对我来说，跟他的那些快乐回忆是珍贵的宝藏。他是教会我恋爱有多美妙的重要的人。

拒绝求婚后，我开始考虑自己之前只是迷迷糊糊考虑过的“结婚”这件事情，于是有了自己明确的蓝图。

结婚的话，我想跟对自己来说有好处的人结。虽然我说出这样的想法可能会引发反感，但我实实在在地这样认为。如果说成“好处”有歧义的话，那么换句话说，我想要的是借由结婚将自己现有的问题尽可能地解决，让现在不便的地方变得便利，在困难的时候相互支持。我不要那种把老婆视为自己的所有物的男人，我需要找一个价值观与我相近、能让我尊敬，还具备生而为人的可爱之处的男人。

不久我就找到了这样的男人。他是我参加的夜间翻译培训学校的讲师，一名有实力的翻译家。他将近四十岁，我还以为他肯定结婚了，某日却从他自己的口中得知他还是单身，我不禁心中为之一震。

虽然也被公司里的男人邀请一起吃过饭，但是我几乎没有过像样的恋爱经历，所以根本不知道怎样才能把自己的心意传达给对方。不，这是骗人的。我既不是美女，也不可爱，不管怎么看，都不像是受欢迎的类型，却是确定目标后能制订对策不断努力的人。虽然不知道胜算如何，但我开始靠近他。听说他喜欢戏剧，我就托朋友拿到了平日里难买的票，邀请他一起去看，还常常抱着课上遇到的疑问跑去问他。

很快我们就熟悉起来。我多少有些吃惊，带着一种旁观者的心情看着整件事情的发展。成人之间的恋爱进展很快。只要清楚彼此都有好感，那一切就好办了。转眼间我们就成了男女朋友，也没有特别不能结婚的理由，自然而然就结了婚。

我从上班的公司辞职后，白天也开始在翻译培训学校学习。可能是因为集中学习，能力提升的速度让自己都感到惊讶。经由老公介绍，我终于出版了有史以来第一本自己翻译的书。虽然是没有多少文学价值的言情小说，我却从心底感到高兴，因为我的梦想实现了。而且只要我继续努力，以后事业上的机会会越来越多。

老公是公私分明的人，不会过多干涉我的工作。可是，当他纠正我的翻译错误时却异常严格。家庭方面，他说如果我愿意的话，可以生个孩子，可是我从来没有想过要宝宝。跟老公的二人世界非常美好。我在自己家里工作，老公在家附近租借的事务所里工作。晚上如果不忙的话，我们会一起做料理，在睡觉前会喝一些酒，聊聊天。这种时候，我们也不会谈论高深的话题，而是拉拉家常。

彼此都理解对方的工作，共同的朋友自然也多了起来。我们的婚姻生活一帆风顺。如果是跟我那同级的初恋男生结婚的话，恐怕就没有这般幸福了。

恋爱和结婚就是这样不同。但依然有我无法理解的事情，我也万万没想到会有这样的“圈套”在等着我。

突然有一天，令我惊讶的事情发生了，我发现跟老公的性生活让我觉得万般痛苦。

///

恋爱与做爱不同。

经常会有人在街角发面纸。以前我从未对上面写的内容感兴趣过。那0990的电话号码，那胸部和瞳孔被放大后像萝莉漫画般的插图，我只需一眼就可以判定那不是我需要的东西，即使接过来，擤完鼻涕后也会干脆地扔掉。

有一天我却认认真真地读了起来。上面有自慰专栏、SM（性虐恋）专栏，还有能选择服务对象的一对一服务。拿起电话一拨通，常常能听到感觉还很稚嫩的女孩的声音传来："我愿意做援助交际。"

我没有犹豫，觉得自己肯定需要。我在人妻专线留言服务里留了言："我已经厌烦了老公，请人给我带来有刺激的性爱。"系统会将听到我留言的人的回复自动发到我的留言箱里。

整整放置一天不理后，第二天我在同样的时间里询问了一下是否有留言。我还猜可能只有很少的留言，但结果完全出乎我的意料。六十四通留言。我可能从来都没有这样受欢迎过。

"这不能称作受欢迎。而是有女人邀请，大家都想试试而已。"男人边说边笑。虽然我也明白这个道理，可我还是很高兴。在这六十四通留言中，第一通就是他的，就是这个赤裸着身子坐在我面前喝啤酒的男人。

"留美，你现在还在拨打那个电话吗？"

"从那以后就没打过了。现在有了阿真你，而且家里还有老公，工作也很忙，实在是没有时间。"

“你跟你老公每周做几次？”

“三次左右吧。”

“你看来真喜欢这个啊。”

这又是我众多谎言中的一个。我靠着他的肩膀，轻轻地闭上眼睛。“留美”其实是我朋友的名字。我至今也偶尔会拨打那个留言号码，跟新的男人见面做爱。不过，最好的还是这个男人。而且跟老公最后一次做爱也是几个月前的事情了。

“你呢？你跟你太太每周做几次？”

“已经两年没做了。”

“啊？真的吗？”

“最小的孩子刚开始学走路。老婆每天忙里忙外，疲惫不堪。家里空间也小。现在的状况实在没法满足。”他摸了摸他那还有些学生气的头发，微笑着说。与我不同，他是诚实的。最初认识他的时候，我就趁着他洗澡的时候翻过他包里的东西，找到了写有跟他告诉我的名字和公司名称一样的名片。他这毫无防备的纯真模样让人吃惊。

这男人是二十九岁的纺织公司职员，跟当家庭主妇的妻子养着两个孩子。刚在离市区两小时以上车程的郊外买了一套房子，零用钱每个月三万日元。每个月三万日元的话，每天也就是一千日元。即便周末不用去上班，他也必须用这点儿钱白天吃饭，偶尔跟同事去卡拉OK和烤肉店。他穿着一看就是便宜货的衬衫，打着一看就是便宜货的领带，身材微胖，留着有秃顶预兆的短发……再这样下去，十年后，恐怕连头发的影子都看不到了吧。

我告诉他我是结婚三年的三十二岁公司白领，但其实与他同是二十九岁的我，已经是一个翻译过三本书的年轻翻译家了。

我们通过语音留言结识，意气相投便开始幽会，开始做爱。没有谈情说爱，也没觉得羞耻，在约定的地铁站检票口见面后就直接往酒店里走，脱掉内衣，赤身肉搏。

连续做了三次以后，我们总算是有些从神仙的梦境中回到人间的感觉，光着身子慵懒地躺在床上聊天。

“如果不能跟太太做的话，为什么不去找妓女呢？”

“没那钱，所以现在就靠你。”

这句话与其说是爱的宣言，不如说是感谢的话，单纯地“感谢你在我困难的时候帮助了我”。

“啊，不好了，已经这个时间了。”他突然起身，急忙开始穿衣服。我才恍惚想起今天见面的时候时间就不早了。

“最后一班列车，只有赶最后一班列车了。你也赶紧穿衣服吧。”

“坐出租车回去不就行了吗？”

“你知道要花多少钱吗？”

“这个我帮你付吧。”这句话到了嘴边又被我吞了下去。比起舍不得花坐出租车的钱，他更担心的是老婆追究他晚回家的原因。小家子气又无趣的男人，长相也不是我喜欢的类型，注定没有出头的日子。一个我所喜欢的要素都没有，可是一起睡觉感觉很好。

正如我所想的一样，如果不是能让我鄙视的男人，我就无法变湿。

住在市中心的我，搭地铁只要十分钟就能到家，我却在目送男人往车站走去后，拦了一辆出租车。

我望着道路两旁那些深夜也不熄灯的橱窗，还有闪耀着光芒的饮食店招牌，任由身子随车摇晃。

丈夫已经回到家了吧，他说今天要和出版社的人开会。希望他已经回来了，可能的话，希望他已经睡了。我如此期望着，心情复杂。

然而，丈夫还没睡，而且更糟的是，他还很开心地到玄关来迎接我。

“怎么样？留美好吗？”

听到这句话，我心头一惊。对了，今天出门时，我跟他说今天要和学生时期交情很好的朋友吃饭。我强颜欢笑地点点头。

“你可以先睡，不用等我啊。”我尽可能用温柔的声音对丈夫说话。

“我不是在等你，只是一边看电视一边喝一杯罢了。”

丈夫穿的不是家居服，而是出门时所穿的条纹扣领衬衫，桌上放着一瓶开过的葡萄酒和酒杯。我放下包，坐到沙发上。丈夫随即拿出我的酒杯，一边斟酒一边说下次要去纽约采访。据说今天开会时，对方委托的工作是去访问之前出版译作的作家。正因为想跟我说这些，一向早睡早起的他特地等我回家。我以前就很喜欢那位作家。

“你愿意的话，也一起去吧。”

听他这么一说，我的脸上立即闪耀光彩。“可以吗？”

“可以啊。你不是他的书迷吗？对方也是夫妻俩一起来，这样感觉也比较均衡。”

“真的？不会打扰你工作？”

“你在说什么老古板的话啊！”

这种时候，我就觉得和这个人结婚太好了。他完全不会以夫妻结伴抛头露面为耻，遇到任何人，都会认真地将我介绍给对方，在工作上又是我的前辈。原本我绝对没有机会接触到的人，他也能像这样为我制造见面的机会。

我和他交往后，最感到吃惊的就是这一点。

譬如，我的父亲绝不会让母亲出现在他工作领域的场合。他以前任职于市府教育委员会，家里访客很多。可是，父亲很讨厌母亲在客人面前多说些什么。也就是说，“你给我面带微笑地送上酒和下酒菜，然后赶紧退下”。就算客人夸赞母亲的料理，父亲也不知道是害臊还是真的这么想，总是回答：“她也只会做这些东西而已。”我不曾见过父亲出言慰劳母亲。

我学生时期交往的人大概也有这种倾向。两人手挽着手走在路上，只要有认识的人走来，就会慌慌张张地把手松开。要是有人当着他的面赞美我，他还会嘟着嘴说：“可是这家伙少了些可爱的特质。”

我一直以为男人都是这个样子，所以一开始对丈夫面对任何人都把我当作“让人自豪的妻子”的态度感到疑惑。

我喜欢我丈夫，我非常喜欢这个人，我可以确定地说，我爱他。他的穿着简单利落，对于服装的品位不差；面对任何人都彬彬有礼；生气时，不论对方是谁，都能冷静地表达自己的不满，这一点也很好；博学多闻；好奇心旺盛；温柔、细腻又体贴；而且还具有不落窠臼的贵族气质。

“啊，都已经这么晚啦！”丈夫抬头看看时钟，说道。

“今天应该也累了吧，该睡了。”累的人是我，我却硬是帮丈夫扣上这么一句“今天应该也累了”，拿着酒杯起身。

“是啊，你先去冲个澡吧。”

背后传来这句话，我吓了一跳，浑身打战。当绝对不会下达任何命令的丈夫说出“你先去冲个澡吧”这句话，也就是今晚要做的暗号。

月经上上周已经来过，上周被他邀时，我搬出“截稿日快到了”当借口，逃到工作用的房间去。今天要说什么才能脱身呢？我简直像个被卖掉的少女一般，紧张得全身僵硬。

///

“这边我来收就好。”丈夫一边温柔地说，一边从我手上夺走酒杯。

逃不了了，没办法。不过，今天才跟那个男人做过，还算好一点儿。因为做过好几次，身体都已经变得迟钝。被抚摩的手的触感，只要紧紧闭上双眼，就能产生是那个男人的错觉。值得庆幸的是，丈夫在这方面口味清淡，不过十分钟便能完事，随即沉沉睡去。

可是，我还是怀抱着犹如要上刑场的心情去冲澡。

///

可以说我想要的一切都到手了。钟爱的工作、值得尊敬的丈夫、满足我肉欲的炮友们。为了维持这一切，我唯一必须忍受的就是，数月里一次仅十分钟的和丈夫的性爱。

真是不可思议呀，我常这么想。搭电车时，或像这样忙完后在餐厅用餐时，我常会突然失去真实感。

比起在电车月台上对着手机通话对象发出笑声的短裙少女，比起感觉别扭的和五十多岁男性用餐的貌似白领的女孩，我明显要肮脏得多，然而我仍然泰然自若地穿着白色衬衫，熟练地用刀叉分着鱼骨。

丈夫心情很好地点了甜点，用信用卡结账后结束了这一餐。周六的晚上总是像这样外出用餐，是一周一次的约会。我们不曾有过没话题的困扰。

我们搭上出租车回家，到家后，他会打开那瓶学生作为礼物送来的珍贵洋酒吧。明明喜欢酒，酒量却不太好的丈夫，肯定会因喝太多而睡着。预计今晚不用做，我觉得安心。因为安心，所以也可以很温柔地对他。

一回到家，丈夫就想开酒。我换好衣服后，在厨房切起司，准备做下酒菜。突然感觉到视线而回过头去，发现丈夫站在身后。

“怎么了？”

“嗯。”丈夫嘀咕一声。今天的他的确像一直有话想对我说。我心里虽然有些不安，可是转念一想，又觉得他应该不会发现我出轨才对。只有我才有办法联络那个男人，男人的联络方式我只记在脑袋里，就连记下来的纸张都烧掉了。

“我有事想问你，可是又觉得可能不问比较好，从上周就一直在犹豫。”

我握着水果刀，望着丈夫的脸。就连丈夫那张似乎为了什么而感到羞愧的脸都像是在指摘我的不是。

“什么事？”

“上周你出门的时候，我把旅行箱找出来。还记得吗，我上次跟你说过要去纽约，我也觉得自己太心急了……”

旅行箱，那个词扑通一声沉入心底，掀起层层涟漪，逐渐往外扩散。

“被我发现了。那不是我的，所以我想应该是你的。”

我缓缓地放下刀子。只见心爱的丈夫满脸通红，表情看起来像是快哭出来，又像是在生气，也像很悲伤的样子。他所发现的是一根特大号按摩棒。那东西是刺眼的粉红色，还有精心设计的内藏灯管，会闪闪发光。那是那个男人因为领到奖金，送给我的唯一的东西。

“我本来以为你讨厌做爱，其实是因为我的技巧差劲吧。如果用这种东西会有感觉……”

我低下头。一股冲动让我想要坦承一切。“那是我的宝贝！”我几乎要这么放声大叫出来。这是我生平第一次看不见自己前方的路。

我低下头。一股冲动让我想要坦承一切。

『那是我的宝贝！』我几乎要这么放声大叫出来。

这是我生平第一次看不见自己前方的路。

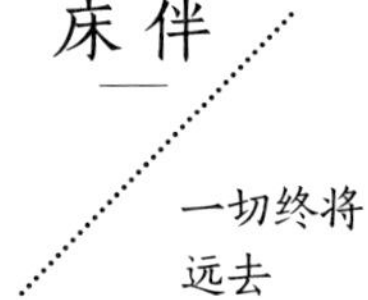

单恋症候群

丢掉自尊，承担风险，去接近他，让幻想一点点变成现实。

一旦喜欢上，这颗心就很难收回来。

开始独立生活的十八岁那年的春天，我遇到了内衣小偷。

随手晾在阳台上的内衣，等我发现的时候已经连同晾衣架一起不翼而飞。我原本以为是被风吹走了，急忙在公寓附近寻找，可是没有着落。我完全没料到自己的内衣会被偷走，为此感到疑惑不已。

可是，接下来的一周里又发生了同样的事情。胸罩和内裤又从晾衣杆上消失了。警方得知公寓里有女式内衣遭窃，当天就派人前来调查。两周后，我从房东那里听说，住在附近的年轻白领遭到逮捕。

当然我感到恶心，也很火大，但我被一种更强烈的不可思议的感觉笼罩着。对于刚从乡下出来，还没有跟男人接过吻的我，完全无法理解为了区区一条内裤能做出这种事情的人是怎样一种心情。为什么能冒着被逮捕的危险做出这样丢人的事情？不过就是内衣内裤罢了，怎么能为此做出这样彻底抛弃尊严的事情？

是的，当年那个年纪轻轻的我无法理解。可是，如果是现在的我，可能会愿意跟那个男人把酒言欢。

///

爱情能让人丢弃自尊。

渴望得不得了的东西就在触手可及的地方，这可以说是一种折磨。丢掉自尊，承担风险，去接近他，让幻想一点点变成现实。

我跟偷内衣的小偷是同罪的，不过我们有着巨大的差别。我迷恋的对象不是东西，而是人。内衣是没有人格的，男人却有，有自己喜欢的女人的类型，有恋爱的自由，有对将来的展望。内衣的话，只需要偷到手，之后是要穿起来还是戴在头上都随你便，但是男人的话，你要是从后面一拳把他打晕拖进屋里，这辈子恐怕都不能为其所爱了。

想到这里，我轻轻地擤了擤鼻子。大约是从上周开始，每天一入夜天气就会转凉。站在树荫下缩成一团的我看了一眼手表，已经是晚上十一点三十五分了。上周正好是十一点。我全身冰冷，手心却直冒汗。

现在我坐在一个挺大的住宅区的花坛中，眼前的小巷尽头是一座造型普通的三层楼的公寓，我亲爱的他就住在二楼最里面的房间里。若是站在大街上等待不知道什么时候回来的他，也未免太引人注目，于是我选择了这个花坛，这里是绝佳的地点。冷冰冰的寒气从地面往身上蔓延，我咬紧的牙齿开始打战，发出轻微声响。

大约又过了十分钟，公寓黑黢黢的楼道里出现了人影。是他。我拿起挂在脖子上观鸟用的小望远镜，把焦点对准了他。

街灯下他的身影出现了。上周还穿着短袖 T 恤，今天已经穿着长袖棉衫了。他是刚洗完澡出来的吗？头发还湿着。右手还拿着一只半透明的垃圾袋。

他趿拉着鞋，摇摇摆摆地走下台阶，把垃圾袋放在公寓前面的电线杆下。他跟上周一样把睡裤卷起一圈，抬头看看夜空，咔嚓一声扭了一下脖子。

“好帅哟。”

拿着望远镜的我轻轻地吸了口气。他那乱糟糟的头发、稍微有些驼的背，还有那皱巴巴的睡裤，看上去都那么让人着迷。

扔完垃圾后，他信步走上楼梯，消瘦的背影逐渐消失在走廊尽头。

我放下望远镜，确定四下无人后悄悄起身，穿过小巷，朝他扔垃圾的方向走去。我再次环顾四周，确定没人在看我。

我一把抓起被他扔掉的垃圾袋，就像偷到鱼的猫一般，使出全身力气往身后停放着自行车的方向冲刺，把袋子扔进车篓后立即跨上自行车，猛踩踏板。只要拼命踩踏板，十分钟就能到我的公寓。

没法偷到他的心，我便像这样在每周日的夜晚盗取他生活的残骸。

"只要别遇上警察就行。"我祈祷着，奔驰在夜晚的小巷里。

///

"鹿岛小姐。"

听到有人招呼，我吓得快跳起来，循声回头。我坐在办公桌前，装成工作的样子，但脑袋里正做着白日梦，突然被自己的梦中情人唤了一声，自然是小心脏都快要蹦出来了。

"不好意思，可以看看你抽屉里面吗？"看着我哑口无言的样子，他开口问道，“有一份文件找不到了，我在想是不是放到这里来了。”

“是，是，可以。”

我们公司是一个人多地方小的公司，抽屉里放着很多大家共用的资料。照例说这些抽屉是可以随意打开的，即便如此，还是分成两种人，一种就像他这样客客气气的，另一种就是理所应当型的。

我往桌子边缘一挪，他便蹲下身打开了抽屉，昨天晚上倒垃圾时那乱糟糟的头发现在已经用摩丝打理得整整齐齐。

“宣传部那边怎么样？习惯了吗？”我故作平静地问。

“啊，不知道的事情还有很多，刚才还被领导骂了。鹿岛小姐你呢？”

“跟你一样。”

我们其乐融融地相视一笑。好好好，对话进展顺利，我心中窃喜。

两个月前，他坐在我现在这个位置。之后，原本在宣传部的我被调到这个调查部，调查部的他去了宣传部。在我们公司，宣传部比较吃香，所以可以说他是荣升，而我是降职。

“我帮你找吧。”看他老是找不到，我便开口说道。他缓缓地看向我，不知怎的，眼镜后面那双细长的眼睛发出似乎有些厌烦的光芒，我的心扑通跳了一下。

“那……拜托你了。”他犹豫了半晌说道。

“好的，那我抽时间帮你找。是什么文件？”

如果我说“很高兴为您效劳”之类的话，他一定会觉得恶心吧。所以我就拿出一副“虽是件麻烦事儿，但我还是帮帮你吧”的态度，语气也冷冷的。

“前年的市场调查，有关女大学生和女白领的。我在写计划书，想拿那份资料做参考。”

我点点头，拼命地控制住了自己那想偷笑出来的表情。这次可以让他欠我一个人情了。哪怕他只是觉得“这次欠了人家的人情，不得不请人家吃饭”，但我至少能得到一次跟他约会的机会，光是想一想我就像要飞到天上去了。

///

我高高兴兴地回到家中，迎接我的是昨天偷来的他的垃圾。昨天晚上我把垃圾一个一个地拿出来分类，还没有分完。

狭窄的单人间中央，垃圾已经堆成了山。我连外套都不脱，直接坐在这座小山前面。

我所做的这些若是被他知道了，会发生什么事情？别说约会了，恐怕他连话都不想跟我说了，我恍惚地想着。

第一次拿他的垃圾袋纯属偶然。因为与他住在不同的地铁站附近，我以为我们离得很远，结果有一天我却发现若是直走，其实还挺近的。

他会住在什么样的地方呢？我想去看看。周日晚上，闲来无事的我无法抑制内心的冲动，骑上自行车独自上路。

我很快就找到了他的公寓，站在道路旁抬头看他家房间的窗户。他家附近有个电话亭，若是我从那里打电话给他，告诉他我到他家门口了，让他出来见个面，他会有什么反应？正想到这里，就看见他提着垃圾袋走下了台阶。我慌慌张张地躲到了阴暗处。

他丢出来的垃圾袋，里面肯定有擤过鼻涕的纸巾和吃完便当的空盒子吧。对我来说，这些就像宝藏一般，我不禁被吸引了过去，看到那透明塑料袋中有一封寄给他的信。从那些铅字看来，多半是信件广告。不过，我还是想看。想到这里，手不自觉地伸了过去。

第二次、第三次也都是在周日晚上，不过这两次我是有计划地进行的。从这三个垃圾袋里，我看到了他生活的残骸。

健身俱乐部寄来的信件广告。罐装意大利面酱。他好像不怎么开火，几乎没有生活垃圾，所以垃圾袋也不太臭。还有跟上周一样的杂志。翻开一看，发现好多裸照，我的心怦怦直跳。他看到这些，心中恐怕也有按捺不住的欲望吧。

我太喜欢他了，可对他又不太了解，所以即便只是看到他买家用电器的小票、吃便当用的方便筷，我都觉得很开心。不过，说实话，我期待着更加刺激的东西，但偷了三次都只有一些普普通通的玩意。

给女孩子写情书时留下的废稿、很多没中的赛马彩票，或者极其变态的杂志、使用过的避孕套……虽然看到这种东西多半会受到打击，但是没找到一样能与他的外表背道而驰的东西，这让我感到有些没劲。

他是一个非常善良又朴素的人，对人亲切又有礼貌，所以，他绝不是一个显眼的人。他比我小一岁，算起来，到目前为止，我们一起在同一家公司工作了七年。脸是很熟，但是没说过几句话。感觉倒是好，但印象中只知道他是个老实巴交的人。

这样的关系，怎么会转变成会去偷垃圾的迷恋呢？这是从我们的职位要发生变化的时候开始的。虽然接替我们职位的都是其他的人，他还是约我一起吃饭，以便了解我所在的宣传部的大致工作。

他带我去了他经常去的西班牙料理店。我们聊了一些工作上的话题，还有对待领导的话题，以及各种无伤大雅的流言蜚语。

他是一个内心比看起来更阳光的人。邀我去另一家店喝酒时的语调、向服务员点酒时的举止、留意着回家的时间，他都表现得非常绅士，我没想到他竟然是个约会的能手。

我就这样喜欢上了他。

已经很久没有人像这样把我当成一个女性对待了。我喝酒很厉害。到了这个年纪，大家都觉得我是个不用照顾也能过得很好的人。去年才分手的男朋友对我体贴入微也不过只有最开始的几个月而已。

我自己也觉得很好笑。就这样被温柔而有礼貌地照顾一回就喜欢上别人，真不知道自己是怎么一回事。但我知道，一旦喜欢上，这颗心就很难收回来。

我这段时间一直在读女性杂志中“如何俘获男人心”指导专栏中的文章，对占卜之类的东西也是分外在意。另外通过翻查过去的日记，回忆了少女时代学习过好几遍的将喜欢的男人据为己有的方法。到底该怎么约才好？该怎么做他才能在意我？

考虑再三后，我最终实践的是一个再直接不过的手段。“我有两张电影票，一起去看吗？作为上次你请我吃饭的回礼。”我找了个这样的借口。

“好的。”他非常爽快地答应了，我高兴得要飞起来，说不定他并不讨厌我。我该穿什么去呢？我绞尽脑汁，在约会前一天做了美容，还换了新内衣。

周六下午我们一起看了新电影的首映，一起吃了晚饭，到酒吧喝了两杯酒，随后，他依然非常绅士地叮嘱我早点儿回家。跟他的约会实在太开心了。可回到家后认真一想，他没有上次喝得多；我聊起朋友恋爱的话题时，他也巧妙地避开了；想在去车站的路上跟他牵手，却一直找不到机会。

再邀请他去约会便需要勇气了。

这次没有借口。虽然可以说工作上有事情想问他，但是这样的话，他就不好拒绝我，我感觉这招有点儿卑鄙，不想用。

///

吉川美代子撩起她长长的刘海，喝了一口鸡尾酒。

“哦，对对，水越君。”回答我的问题时，她倦怠地叹了口气。

“我听说你们俩在交往。”我故意开玩笑似的说。

“哦？你可别乱说哟。这种谣言你是从哪里听来的？”

“某某‘女子团伙’。”

我只这么一提，她就立马明白是哪些家伙了。我们公司秘书部的女孩子们的口碑非常不好，一提到谣言的发源处，肯定就是她们了。

吉川美代子是跟我同期进入公司的。我说要为约会找家酒吧，让她跟我一起去，我请她喝酒。喜欢喝酒的她二话不说就跟着来了，我就这样试探着她对水越的心意。

“很无聊的男人，可以说是恶心。”突然她就这样说了。这就是她对我亲爱的水越君的评价。我虽然有些来气，但还是控制住了。

“真的吗？”

“我喝醉了才告诉你哟，你可千万别跟别人说。你看，我这个外表，也不知道是幸运还是不幸。”

她又小又瘦，脸白白的，看起来非常可怜，根本看不出来是能喝下整整一瓶酒的女人。她有点儿自满。唉，也罢，今天就原谅她这点儿自满吧。

“自己也觉得不好。你知道，我对待外人时态度不错，所以不时会被像水越这样的人喜欢上，他还跟我说‘没见过像美代子这样可爱的女人’呢。”

啊，她果然自满。

“有什么关系呢？又不是被人讨厌，是被人喜欢呢。”我一本正经地绷着脸说道。

“我最初也是这样想的。他又不是坏人。虽然有些老土，但是为人温柔体贴，又很正直，他这种类型的男人不是最好的老公人选吗？”

“那你为什么又说恶心呢？”

她慢慢地耸耸肩，说：“在地铁站碰到他了哟。”

我停下拿着水杯的手。

“我不能跟他交往，这话都跟他说了好几次了，他还是在离我家最近的地铁站等我。而且，每次看到我，他就跟一只胆怯的小狗一样一溜烟跑掉。”

“不会吧？”

“我也单恋过别人，所以能体会这样的心情。还是不能让对方知道你这样在意他啊。被人追，自然会想逃啊。”

“然后再过不久就跑到你公寓前面，偷你丢出来的垃圾哟。”

我只是半开玩笑地说说，她就已经像起了鸡皮疙瘩一般全身都颤抖了一下。“要真是那样，我一辈子都不会理他了。”

///

跟美代子告别以后，在地铁里，我又把从垃圾袋里找出来的那封信从口袋里拿出来读了一遍。“请别再打电话来了。求求你了，别再在地铁口等着我了。还有，我不想怀疑你，但是请别把我抽屉里的圆珠笔和手绢拿走。我曾经并不讨厌你，不过现在我非常讨厌你。请再也别跟我说话了。”

这是一封用办公用纸写的语气非常严肃的信。

到站后，我收起信件，下了车。这里不是离我家最近的地铁站，而是离他家最近的。

我大步流星地走在夜晚的街道上。他每天也是走着这条路回家的吧？他一边走一边想着什么呢？是工作上的事情，还是美代子的事情？或者是最近擦身而过的让人觉得恶心的比自己年长一岁的女人的事情？

十分钟后我就来到了他的公寓前面。已经是晚上十二点过了，可以听到不知从哪里传来的狗叫声。

我在黑漆漆的街角找到电话亭，拨打了这个我只打过几次便烂熟于心的电话。

“啊，水越君吗？这么晚打扰你，不好意思。我是鹿岛。”

他“啊”了一声后就陷入了沉默。

“我找到你一直想要的文件了，现在给你拿过来。”

“拿来了？拿到哪里来了？啊？我家前面？啊？真的吗？”电话那头传来他越来越惊恐的声音。我等待着他这样说：“真是个恶心的女人。大晚上的这么跑来，真烦人。别来烦我了。”

短暂的沉默后，另一头传来电话挂断的声音。我慢慢地放下电话，看着他公寓的楼梯。这样下去，百分之九十八他会对我不理不睬，但那剩下的百分之二止住了我转身要走的步伐。反正我已经把自尊抛弃了，干脆到他家里去吧。

爱情很高尚，这简直是一派胡言。“爱”这种感情非常自私。但是，想要的东西就是想要，无论如何都想要，即便让人觉得恶心也想要。

即便那个人一辈子都不再理我。

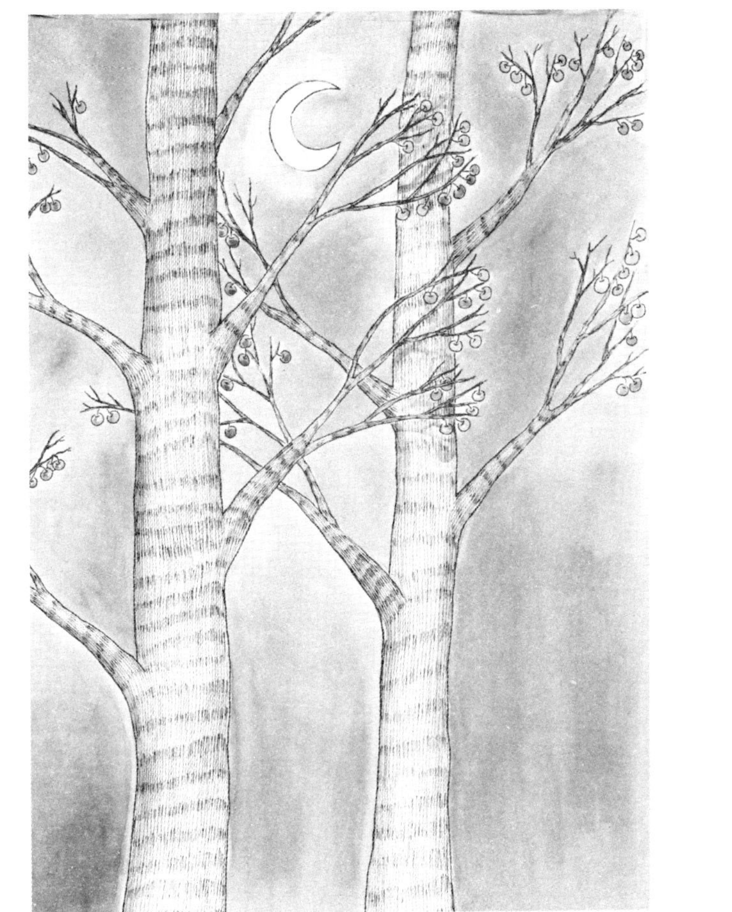

想要的东西就是想要，无论如何都想要，
即便让人觉得恶心也想要。
即便那个人一辈子都不再理我。

单恋症候群

一切终将远去

无泪入眠

那些不熟悉的脸像河水般流过身旁。没有人知道我的存在。我平凡无奇，没有人对我感兴趣。

大街上明明这么多人，我却一个都不认识。

在车站前的书店里，我买了三本杂志。

第一本是求职杂志，第二本是海外旅行杂志，这两本是我一直在买的杂志，而第三本个人信息杂志，我还是第二次买。这是一本非营利性杂志，里面刊载的净是一些个人信息，也就是买卖二手物品和沙龙会员征集之类的资讯。很多杂志的读者来信部分都会刊载这些内容，像这样单独整理成册在书店里出售的，我还是最近才看到。

三本杂志都很厚，提起来沉甸甸的。如果要仔仔细细地从头看到尾，恐怕到下期杂志出版时都看不完。不过，暂且用来打发时间还是不错的。

提着这重重的一袋子杂志，我走进了旁边的咖啡厅。买了咖啡和丹麦面包后，我便在坐惯了的靠窗的位置上坐下，随即打开袋子，从求职杂志开始翻阅。

可是，我不太提得起劲儿，大致浏览了一下事务类工作的部分，没看到特别中意的。虽然我在大白天里看求职杂志，但我既不是没有工作，也不是要换工作，而是上个月我所就职的电脑软件公司下达了“在家待业”的指示。

两年前我跳槽进入这家公司，不是程序员的我做的都是一些行政方面的工作，万万没想到经营这般惨淡。公司的编程人员由于最近没有太多新项目，便在外面兼职做一些电脑培训方面的工作。这我倒是听说过，料到经济形势可能不太景气，但是也听说我们公司背后有大公司做靠山，怎么也不至于倒闭吧，所以我一直也没太担心。

的确，公司没倒闭，也没有听到出现危机的传闻。在家待业期间，还是照样付给我六成工资，而且也只是一个月时间，以至于我反而窃喜，这样一来，我可以好好地休息一下了。于是，我盘算着尽情地去做像赖床之类平日里不能做的事情，可以去看看电影，去见见平日里不怎么能碰面的朋友，还可以去逛街购物。

不过，最开始的一周过去后，这样快乐的心情便烟消云散了。懒觉睡习惯了，没觉得有多大意思；看了两部新片首映后也觉得无趣；好不容易见一次面的大学同学带着不到一岁的宝宝来，宝宝一番闹腾，我们也聊不尽兴。

我最终还是给跟自己一样在家待业的同事打电话，同事说："恐怕不是在家待业一个月这么简单吧，多半在这一个月里就把我们解雇了，也别指望离职补贴。还是赶紧舍弃这艘快沉的船，找下一份工作吧。"

听她这么一说，原本不慌不忙的我也心头一紧，于是买了这本求职杂志。不过，如果可能的话，我还是想留在现在的公司。虽然工作上不能说很有成就感，但是内务岗位都是女性，相处起来很愉快，薪酬不差，通勤也很便利，还不需要像程序员那样加班。我不认为在当下的经济形势下，自己能找到比现在更好的工作。若真的被公司解雇，我也没办法，只好另谋出路。但是课长也说了下个月还有工作。

基于这些原因，我进退维谷。整天待在自己狭窄的公寓里也觉得压抑，但话说回来，特地出去玩又要花钱。既然知道自己前途未卜，在花钱上就不得不慎重。因此，我每天在地铁站前的商业街溜达，有时候买些杂志，在便宜的咖啡店里打发时间。

扫一眼求职杂志后，我又拿起海外旅行杂志，噼里啪啦地随便一翻。至于海外旅行，我只去过香港和巴厘岛，两个地方都非常好玩。像这样的长假期，能出游就好了。唉，算了，既然公司规定了在家待业，恐怕也没法去旅行吧。

随意地翻看完旅行杂志后，我打开了最后一本个人信息杂志。第一次买这本杂志的时候，我看到“恋人和朋友征集”的专栏比“二手物品买卖”厚得多，一想到竟然有这么多人在寻找恋人和朋友，不禁觉得有些恶心。

可我还是又买了。在电视节目上看到这种杂志当下非常流行，没想到做得还不错。参加电视节目的嘉宾这样说：“邂逅各种各样。只是平平淡淡地过日子，人会局限在狭小的世界里。像这样与未知世界的人相遇，视野也能够得到扩展。”

“在家待业”若真如公司最初下达的通知所说的那样一个月就结束的话，离上班只剩十天了，我已经没有时间把简历寄到杂志社去刊载，不过，我可以联络已经登载在上面的人。

给谁打个电话吧。

如果每天照常去上班的话，我恐怕不会想到做这种事情。只是，偶尔有时间的时候，想做一些跟平常不一样的事情。比起整日在不安的心情中浑噩度日，做些事情也许能解解闷。如果运气好的话，我狭窄的世界或许也能拓宽一些。

///

“对不起，我来晚了。”女孩说。约定的时间过了十分钟，她才在约好的咖啡店里现身。

短短的头发和圆圆的眼睛，跟杂志上刊载的照片一模一样。她一屁股坐在椅子上，为了调整紊乱的气息，用手按在胸口做深呼吸。

“这么快就找到了啊。”

“是的，我之前来过这家店。”女孩笑着说。

我其实是想问“这么快就知道是我了吗”，但重问一遍又感觉自己很蠢，就作罢了。我身上这条黄绿色连衣裙，之前一时冲动买回家，后来觉得过于花哨而未穿过，这次为了方便辨识而穿来，但现在穿在身上也忽然觉得有些多余了。

我从大篇幅的“朋友征集”专栏中选出了这个女孩。

朋友征集的广告和求职杂志上的招聘广告很像。虽然征集信息让人目不暇接，但感觉跟自己合拍的少之又少。男生从一开始就不考虑，女生有些年龄比我小太多，有些又比我大太多，有些过于活泼，有些过于轻浮，还有很多人很明显是在找恋人。

其中的这个女生与我同龄，她在留言栏中写道：“我性格开朗但不招摇，想与一个为人真诚的女生做朋友。让我们一起开心地喝茶、喝酒、唱卡拉 OK、享受温泉旅行吧。”还有她让人感觉亲切的短发照片我也挺中意。

广告上写着她的电话号码，于是我鼓起勇气给她打了电话。果不其然，电话转到了语音信箱，我便留了让自己都觉得惊讶的坦率又陈腐的留言——“我感觉我们能成为朋友。”

第二天夜里，这个女孩打来电话，约我今天见面。

“朋美，你经常买那本杂志吗？”

一见面就叫得这么亲热。虽然让人一时难以接受，但说不定这是她拉近关系的一种方式呢。

“这是第二次买，不过打电话邀约还是第一次，总感觉能跟你成为朋友。”

她既然叫我叫得这么亲热，我说话时也就不使用敬语了。

“谢谢。听你这么说，我觉得很开心。听说那本杂志现在非常畅销，好多人打电话来，吓了我一跳。不过，正经的人不太多。男生呢，有些一开始脸上就好像写着‘让我上吧’，女生呢，很多都感觉像黏人的少女，只想让我带她们去什么好玩的地方。”

“这样啊。”

“我现在所在的公司里只有两个女的，其他全部是中年大叔。除我以外，另外一个女的都已经五十岁了。所以我一直没机会认识同龄的人。”

这个女孩滔滔不绝地说个没完。外表看起来非常干脆利落，说起话来却感觉娇滴滴的。

“我上大学之前一直在仙台老家，工作之后才来到这里。以前的老朋友都在老家，到东京之后都没什么朋友。朋美你是哪里人？”

“我是琦玉人。其实说起来，离群马也很近。”

“你喜欢旅游吗？最近去过哪儿？”

话题突然一转，我瞬间有些不知所措。

“算是喜欢吧。最近一次旅游是在去年，去了巴厘岛。”

“真好啊。我还没去过巴厘岛呢。怎么样？你是跟朋友一起去的吗？”

“嗯。食物什么的很好吃。物价很低，我们玩得很开心。一起去的朋友结婚了，现在已经有孩子了。”

女孩两手托着下巴，探着身子听我讲话。我感到有些害羞，不禁低下了头。

“我跟那位朋友本来说好下次一起去夏威夷的，可是现在看来，多半是去不了了。”

“夏威夷我倒是去过两次，欧胡岛和毛伊岛。下次想去可爱岛，你如果愿意的话，下次一起去吧。”

她这么热情地邀请我，我一时没反应过来。我们见面还不到十分钟，彼此还什么都不了解，突然就邀请一起出国旅行，普通人都会觉得奇怪吧？而且我从刚才开始就忘记了眼前这位女孩的名字，怎么也想不起来，多半是我太紧张了。

“好，那很好啊。”我姑且以不失礼的方式应付过去。

“说起夏威夷，我知道有卖很便宜的机票的代理店……”

说到这里，她的手机突然响了。“不好意思。”她说着赶紧从手提袋里拿出电话。

“啊，小杨，你好吗？上次真是对不起……我完全喝醉了。嗯，让小森叫出租车送我回去的。现在？现在跟人在涩谷喝茶呢。啊？我听说过那件事情。对，好奇怪哟……”

她就这样跟电话另一头的人拉起家常。我心里感觉有些不舒服，便转头看向窗外。

可能失败了吧，我这样想着，喝光了已经凉了的红茶。也并不是哪里不好，只是跟我想象中的有些不一样。总之，感觉有些不稳重，虽然到了一定年龄，可是给人一种学生般的浮躁感。而且，她不用努力跟像我这样初次见面的人套近乎，就好像已经有足够多的朋友了。

“不好意思，打了这么长时间的电话。”

挂掉电话，她随即露出一副非常抱歉的神情。她有些依赖的目光让我感到意外，心底不禁觉得疑惑。

“对了，你今天有时间吗？”

被她这么一问，我有些犹豫，但还是点了点头。虽然可能没法跟这个女孩成为朋友，但是我没有别的事情要忙，就这样打道回府也觉得怪孤单的，今天就陪陪她吧。

“刚才打电话来的人说，反正闲着也是闲着，想跟我们一起玩，要不我们一起去唱卡拉 OK 吧。”

这次我是真的哑口无言了。

“啊，你不喜欢唱卡拉 OK 吗？”

“不，不是……对方是个男生吧？”

刚才听她打电话，语气带着些撒娇的韵味，因此我判断对方应该不是女生。

“对，不过他不是我男朋友，你不用介意。他比我小三岁，虽然有些轻浮，但人不坏。”

我不是因为这个原因才介意的。而且，这个女孩连我介意这件事情似乎都没注意到。

“我发现一家新的卡拉 OK 店，还拿到了优惠券，一起去嘛。”她一边说，一边站起身来。

如果拒绝她自己回家好像也有些不像成年人的作风，我只好跟着她去了。

穿过市中心的街道，走到有些偏僻的地方，我们看见了这家卡拉 OK 店。因为说好了在店门口见面，我们一边望着眼前熙熙攘攘的人群，一边等着那男生过来。

我们就像高中生一样，蹲在路边随意地闲聊起来。不知为什么，比起在咖啡店的时候，我们聊得更尽兴。当被问到工作的事情时，我大致说明了一下，并未提及自己在家待业的事情。这个女孩讲了自己公司的事情、学生时代参加的社团，还有在杂志上刊载朋友征集广告后，收到好多奇怪的留言的事情。她很能聊，不知不觉间，我放声大笑起来。

“你有男朋友吗？”她突然问道。

“没有。”我迅速地答道。

“我也没有。”

“是吗？你看起来明明很受欢迎。”

“不知怎么的，可以跟男孩子成为朋友，可他们好像觉得我没什么吸引力，说我不像女人，这样的话我都听过几百万次了。”

她嘟着嘴，轻轻地叹了口气，瞬间陷入沉默。我总感觉忐忑不安，动来动去，玩弄起了裙摆。

“大街上明明这么多人，我却一个都不认识。”她仿佛在自言自语，“我这样子的性格，虽然认识的人很多，但是能称为朋友的少之又少。如果跟别人说出心里的烦恼，大家马上跑光光。我很想认识能够说说心里话的朋友。”她的眼睛直视着我，“我感觉跟朋美能成为好朋友。”

她这么一本正经地跟我说话，我内心感到非常困惑。若是奉承话，她说得似乎太夸张了；若是真心话，那这孩子也太容易相信人，太天真无邪了。关于我的事情，她知道的还不到十分之一。或许是她心里过于寂寞，在向人求救？这时，她的电话又一次响了。

“怎么回事哟，这么慢。啊？你迷路了？你现在在哪儿？真拿你没办法。我去接你，你别乱走啊。”她边说边笑着挂了电话。

“他好像走错地方了，我去接他。不好意思，你能不能等等我？我十分钟左右就回来。”

她快速地说完，没等我回话就跑进人群里。被孤零零地扔在原地的我慢慢地站起身来。虽然不觉得她是个坏孩子，但是我感觉有些疲惫。等男孩来也觉得麻烦，今天陪他们去一趟卡拉OK后就打道回府吧。

想着想着，我走到了卡拉OK店门口。进出店里的人个个都毫不避讳地打量我，我便离开门口，转移到居酒屋的招牌背后。

十分钟后，她没有回来。十五分钟过去了。二十分钟过去了。我开始感到不安，决定等到三十分钟如果她还没有回来，我就给她打电话。

三十五分钟后，我用公共电话给她的手机打电话时，她的手机已经换成了语音信箱。

看来不只是我一个人觉得这次见面失败了。

在去往车站的路上，我边走边想。到这个时候我都想不起她的名字，也没看出她是会就这样跑掉的人。我明明感觉她是那种因为内心寂寞才装得非常开朗，跟我一样感觉自己无依无靠，希望寻找到真诚的友谊的女孩。

可是，下判断的不是我，而是她，因为征集朋友的人是她。

日落时分的街道上人潮涌动。我茫然地走着，肩膀好几次跟人碰撞到一起。

大街上明明这么多人，我却一个都不认识。就像她说的那样。

那些不熟悉的脸像河水般流过身旁。没有人知道我的存在。我平凡无奇，没有人对我感兴趣。

不过，她不也说了吗，感觉能跟我成为好朋友。她既然要以那种方式逃走，为什么还要说这样的话？不过想一想，我也说过。在完全不认识对方的情况下，就说感觉能跟对方成为朋友。

朋友，朋友，说起来简单，可到底什么才算是朋友？同事只是因为工作原因才每天见面，即便跟以前认为是朋友的人见面也聊不到一起，而且彼此也并不太感兴趣，只剩下缅怀往事。翻开通讯录，想见的人一个也没有。

这时，我突然被谁抓住了手腕，吃了一惊，叫出声来。

“叫什么嘛！你一个人吗？一起去喝一杯怎么样？”

两个年轻男人站在我面前，笑得很猥琐。我急忙挣脱他们的手，然后一言不发地从他们中间穿过，大步走开，背后传来他们的嘲笑声。

“丑女，别把自己当回事儿。”

我的脚步停留了片刻，但即便转过身回去找他们，我在力量上也不可能斗得过他们。再来，也并非遭到他们暴力袭击，找警察也没用。

明明受了伤害，却束手无策。

快步走向车站时，我感到背后有些瘙痒，手掌的温度在急剧上升。不知道为什么，我有些喘不过气来，嘴唇也在颤抖。

脑袋里浮现出那些几乎忘却了的往事。

哥哥很聪明，因此父母总是偏袒哥哥，而不关心我。我沉默寡言就会被说“明明是女人，却不讨人喜欢”。没有感受过来自家庭的温暖，却刚一工作就被逼着把一半工资寄给家里，如果说“这样我自己就没生活费了”，他们就会毫不犹豫地让我把奖金全部寄给他们。虽然我觉得他们这样太过分，却无法开口拒绝，因为他们对我有养育之恩。

第一次认真喜欢上的男人是刚开始工作时就职的公司的领导。感觉情投意合，便第一次与男人上了床。当我沉浸于交到男友的喜悦中，兴奋了不到一周，就发现内裤里奇痒无比，鼓起勇气去看妇科，才发现自己感染上了一种叫衣原体的病原体。领导为此大动肝火，硬说是我传染给他的，但是怎么想，传染源都应该是他。因为这件事情而被甩的我，一见到他的脸就感到难受，于是辞了职。从那以后，我变得非常害怕男人。

为什么会这样?

我在能自由穿行的十字路口的信号灯处停下了脚步。

父母和这个男人都让我伤心又悔恨，我曾为此痛哭流涕。没有可以倾诉的人，而且我也害怕用语言将这些痛苦描述出来。

我希望早点儿从痛苦中逃出来，最好的办法就是不去想它。为什么我如此能够忍受？像今天这件事情，我也拼命说服自己接受自己不讨人喜欢这个事实。

丑女，别把自己当回事儿。

认真就会痛苦。比起这样，还不如大哭一场忘却一切来得轻松。别引起骚动。装得平静。如果愤怒了、闹翻了，对于本来就寂寞的我来说可能是雪上加霜，我可能会更加孤立，那样多可怕。

我受够了。

绿灯亮起，我的身体里热血沸腾，脑袋却像冰块一样冷冰冰的。

过斑马线时，我看到人潮对面是大型书店的看板。

公司方面也是，肯定就像这样塞来一笔微薄的离职补贴，让我们自动辞职吧。然后，我是不是又要无可奈何地哭着入眠?

像这样单方面地被人嗤之以鼻关上大门的事情，我已经受够了。书店里肯定有关于如何保护劳动者权利的书和如何建立工会的书，去看看那些书，然后给我那个说要从快沉没的船上下来的同事打电话，劝说劝说她吧。

我没有跟父母撒过娇，没有对任何人任性过，我甚至一直以自己忍耐力超强为傲。这是多么自恋哪，可能因此才交不到朋友。

这时，马路另一边的人群中，我看到了那个我终究想不起名字的女孩。我停下了脚步。她的视线也缓慢地看向我。

双眼圆睁的孤独女孩，以泫然欲泣的表情望向我这边。我们的面前，是那陌生的滚滚人流。

双眼圆睁的孤独女孩，
以泫然欲泣的表情望向我这边。
我们的面前，是那陌生的滚滚人流。

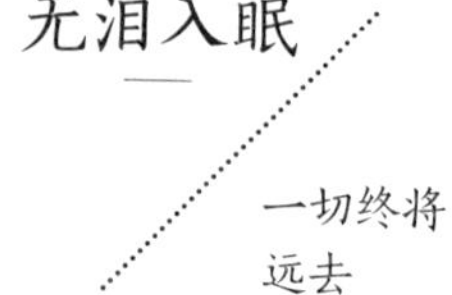

后记

不知是幸运还是不幸，我非常“喜新厌旧”，任何东西都喜欢新的。

一看到新产品的广告就跃跃欲试，知性的成年人听到后会眉头紧锁的时下高中女生用语，我即便不好意思，也总是抢先说出来。

因此，我没有过“从前比现在好”的心情。即便如此，我依然会不时想起自己曾经拥有过的东西，学生时代小心翼翼地穿过的拉尔夫·劳伦[1]连衣裙，第一次用自己的钱买的电视机，一时兴起开始打网球时用的网球拍，中学时期第一次收到的男生送的项链，结婚戒指，一直放在老家房间里的大猫咪玩偶，用新人奖奖金买的打字机……

1.Ralph Lauren，美国经典时装品牌。

这所有的东西都已经不在了。在感伤之余，我想起这些东西都是自己亲手舍弃的。

就好比飘浮在蓝天之上、看上去仿佛静止不动的白云，在我们不经意转移视线的瞬间，它便飘至远方。人世间的事莫不如此，总以比想象中更快的速度飘然而去。

最近我深刻地认识到这点，开始变得有些急躁。再不快一点儿，现在手里的东西、陪伴在身旁的亲朋好友，明天也不知会消失在何方，这样的预感强烈得让我不能自已。

山本文绪

1996年秋

图书在版编目（CIP）数据

一切终将远去 /（日）山本文绪著；闫雪译 .—长沙：湖南文艺出版社，2016.1
ISBN 978-7-5404-7370-9

Ⅰ. ①一… Ⅱ. ①山… ②闫… Ⅲ. ①短篇小说 – 小说集 – 日本 – 现代
Ⅳ. ① I313.45

中国版本图书馆 CIP 数据核字（2015）第 254371 号

著作权合同登记号：图字 18-2015-156

MINNA ITTESHIMAU
©Fumio YAMAMOTO 1997
Edited by KADOKAWA SHOTEN
First published in Japan in 1999 by KADOKAWA CORPORATION, Tokyo
Chinese translation rights arranged with KADOKAWA CORPORATION, Tokyo
through JAPAN UNI AGENCY, INC., Tokyo

上架建议：日本文学 · 小说集

一切终将远去

作　　者：[日] 山本文绪
译　　者：闫　雪
出 版 人：刘清华
责任编辑：薛　健　刘诗哲
监　　制：毛闽峰　李　娜
特约策划：刘　霁　李　颖
特约编辑：谢晓梅
营销编辑：张　璐
版权支持：闫　雪　张　婧
封面设计：利　锐
版式设计：范东亚
插　　画：秋　芷
出版发行：湖南文艺出版社
（长沙市雨花区东二环一段 508 号　邮编：410014）
网　　址：www.hnwy.net
印　　刷：北京京都六环印刷厂
经　　销：新华书店
开　　本：880mm × 1270mm　1/32
字　　数：156 千字
印　　张：9
版　　次：2016 年 1 月第 1 版
印　　次：2016 年 1 月第 1 次印刷
书　　号：ISBN 978-7-5404-7370-9
定　　价：35.00 元

质量监督电话：010-59096394
团购电话：010-59320018